岩 波 文 庫
31-231-1

永 瀬 清 子 詩 集

谷川俊太郎選

岩 波 書 店

はしがき

谷川俊太郎

私の最初の詩集『二十億光年の孤独』が出てしばらくして、珍しく父・徹三に永瀬清子を読むようすすめられた。「荒地」「列島」「時間」などに拠る詩人たちに比べると、当時あまり話題にあがらない詩人だったが、父の書庫に詩集『諸国の天女』があったので読んでみた。中に一篇強く印象に残る作があった。片仮名漢字混じりで書かれていて当時はもうパロディとしか思われない漢文調だったが、そこに他の現代詩の書き手にない何かがあった。だがそれが何かを言うのは難しい。

この「イトハルカナル海ノゴトク」に初め私はその決然とした口調に魅せられたのだが、後になってその口調そのものが永瀬清子その人であると思うようになった。詩は自己表現という考え方が当時は一般的だったが、永瀬さんの自己は初めから「私」をはみ出して、世界全体に向かっていた。

永瀬さんにとって世界は一つの計り知れない流動体であって、そこでは人間界、自然界の区別は永瀬さんの中にはなかったと言っていい。

永瀬さんは現実生活では苦労の連続であったとしても、そういう日常的現実だけに生きてはいなかった。娘、妻、母、農婦などの役割を果たしながら、永瀬さんは役割だけでは捉えられないグローバルな存在、もっと言えば無限定な宇宙内存在として自分では気づかずに生きたと思う。

私たちに見えていたのは、もっと具体的に日々を送った、ある面では自分本位を貫いた一人の生活者だったとしても。

永瀬清子さんのちゃぶだい

ちゃぶだいの上に飯がのった
煮付けた大根がのった
目刺しがのった
トマトがのった

ちゃぶだいの前に男が座った
女と子どもたちが座った
沈みかけた太陽と
遠い海と
隠れた権力者と
さまよい続ける兵隊が
ちゃぶだいをかこんでいる
指と爪の間に詰まった土をそのままに
女の手が飯をよそう
ちゃぶだいの畑で
言葉は物言わぬ種子

ちゃぶだいの上にノートがのった
万年筆がのった
出がらしの茶がのった

6

一日の終わりの静けさがのった
ちゃぶだいの前に女は座った
乾いた月と
ばらまかれた星と
色あせぬ恋の秘密と
国々の風の記憶が
ちゃぶだいをかこんでいる
昼間のからだの火照りのさめぬまま
女の手が万年筆を握る
ちゃぶだいの祭壇で
言葉は天を指す緑の茂み

日々の汚れた皿が
永遠の水にすすがれている
今日のささやかな喜びが
明日への比喩となる

永瀬さんのちゃぶだい

（二〇二三年三月）

目次

［短章ほか］

永瀬清子詩集

グレンデルの母親は

グレンデルの母親は
青い沼の果の
その古代の洞窟の奥に
(或は又電柱の翳のさす
冥い都会の底に)
銅色の髪でもつて
子供たちをしつかりと抱いてゐる。

古怪なるその瞳で
蜘蛛のやうに入口を凝視してゐる。
逞ましいその母性で
兜のやうに護つてゐる

子供たちはやがて
北方の大怪となるだらう
（或は幾多の人々の涙を
　無言でしつかり飲みほす者となるだらう。）

悽愴たる犠牲者の中をも
孤りでサブライムの方へ歩んでゆくだらう
悪と憤怒の中にも熔けないだらう。
そして母親の腕の中以外には
悲鳴の咆哮をもらさぬだらう！

新鮮な礦物のやうな
夜の潭《ふか》みからのぼる月の光は
古代の沼に
（或は都会の屋根瓦に）

青く燃え立ち
グレンデルの母親は
今洞窟の奥にひそんでゐる。

彗星的な愛人

象徴の相貌をもてる我が愛人よ
貴方は呆けた野道の花のやうに飛びやすい。
貴方はどこか太陽よりももつと遠い天体からの光の中に棲息してゐる。
私は陽のさす半球に坐つてゐるから
いつもたゞ空しく想念のうちにのみ貴方を追ふ。

けれどもかつて私は貴方をまざ〳〵とみた。
私はこの世の果に於て貴方を感じた。
明るみと闇との両半球の

不思議な崖ぶちで貴方をみた。

私が貴方に最後のさやうならの手を揚げて以来
もう何年たつのだらう。
今は私は時間の遠さをすつかり忘れてしまつた。
何十年何百年、あゝもつともつと長い間私は貴方を見失つてゐる。

その長い、あまりにも目のくらむ遠い時間を
私はただ自分の失つたものへと痛み暮した。
去りたる恋人よ
私はこれから先、何年生きるのか。
否何十年何百年生きるのか
私の身体には苔の花が咲き
私の瞼毛は日かげの龍の鬚のやうにのび、頬へと垂れ
それでも私はたゞ一人坐つて貴方へと悲しむ。

我が恋人よ、何処にあつてもはや私に現れようとしないのか
私たちがはじめて唇を合せようとし
そして何か恐れてためらひ止まつた時の
あの密度濃い空気は、今どこの宙間を流れてゐるのだ。
あゝ貴方自身も暁の光の中へでも化合したのか。
でなければほの白いその光の中で
不意に私に潜在の涙の湧くのは何故だらう。
もしくは暁が　つめたい微風をともなひ
静かに夜を発《た》つ時
多分知らずに私は貴方から一歩遠ざかつてゆかうとしてゐるのだらう、その涙は、
一夜の盲目な彷徨を終つて――。

さうだ、かつて貴方が私にあらはれた時、
そんな陽のものとも思へぬ光に乗つて来た。
貴方はあけ方の野末の雑草の中を私と迷ひ

そしていつか消えて行つた。
その時貴方は母の面影をもつてゐた。
おゝ草の微毛のやうにとびやすいものよ
複数の相貌をもてるものよ。

私は昼間あかるい中に坐つて
真空の中でのやうに物忘れしてゐる。
涙はかわき　自身は軽いばかりだ。

たゞふとひどく暗い展覧会の片隅などで
おゝ、こゝに彼のパレットから来た色がある！　と
一瞬に何百年の谷をとび降りることがある
否々けれども私はいつもちがつてゐるのだ
私は粗忽の重い罰で
憂鬱に平癒の細道を再び這ひ上らねばならぬ
又ひどくかびくさい古道具屋で

ふと、あゝあすこにあるのは幼い私たちが一所に造つた玩具の軍艦だ！
と思ふのだ。
でも駄目々々、やはりそれはちがつてゐる。
私は決してこの陽に傾斜する半球で彼をみる事は出来ない。

おゝ飛びやすきものよ
彗星めくものよ
太陽熱をともなはぬ愛人よ
私らは永久に反対の半球に住み
たゞ悲しみの本能ばかり残つて
いつもたゞ空しく想念のうちにのみ貴方を追ふ。

星座の娘

身近くせまつて来る人々の愛が

夜更けには
私の肉身の部分部分を作つてゐる
魂がそれらの中を流れめぐり
私は
巨いなる天空の神話の娘が
星の鋲で天にとめられてゐるみたいな束縛を感じる。

星々は夜には
幾多の宿命を含む地上からの視線で
原始以来みがかれた鉱物だ
北より南よりの
喜び悲しみを惹《ひ》いて
重い期待を集めてゐる

私は私自身では
軽く飛びやすい者だけれど

それらの星に刺されてゐて
多くのつぼみを含んだ椿のやうに感ずる。

暗い夜を通して私にまでうかび上る
花咲かうとする蜜にみちた熱意が苦しい。

星々の鬱血質の重さ！
自分はどの引力にまかしていいのか
私はどこへよろめくのか
夜が一刻一刻凝つてゆく時
天の神話の娘は
何億年はりきつた
星と星との銀緑の綱をたち切り
青い蜘蛛のごとく
しきりに空間へつりさがらうと意志しまいか
あゝ多くの病める恩愛から

寒い自我を割きとつて
錘のやうに
唯一の重力を信じて下へ！　下へ！

黒犬と私

犬をつれてあるいてゐると
犬が私の心の欠乏を嗅ぎつけると思ふ
犬は私の心を甜めねぶるのだ。

(犬の心には原始が映る)
(犬の眼には空の海が溜まる)
(犬の耳に人のゆかぬ洞窟の草がそよぐ)

犬よ　野山を帯びた心で私を識れ。

空のうかんだ眼で私を視よ。
又森の茸《きのこ》のごとくひえた鼻で私を嗅げ。
さてお前の心象に何があらはれたか

私の貧困をお前は視た。
私は日も夜もひもじいが
でも私の欠乏は正しい。

私はかぎられた時間に住み
私は肉身をかなしい逃がれられぬ生来の柵と思ひ
又熱ある時にはいつもきまつた夢に驚く。

犬よお前にはこの不思議に堪へがたい制限感はない。
私はもつと異常なる
あたへられる筈以外のものを欲望する。

否々熱望するものはいつもどこかの遠い空間に在る。
私はこの世の引力以外に飛びたいのだ。
犬よ　お前はこの激しい欠乏感を知るまい。

(お前の眼には空があり)
(お前の心には原始がある)
(お前は地平の雲の中へも駆けてゆかうと思ふだらう)

時間の重さよ。
肉身のかなしさよ、
愛するあまり捨てたくなる。

こらへこらへ犬をつれてあるいてゆくと
犬がぺろぺろ甜めてくれる
犬にお甜めお甜めと云ひたくなる

丘へ

モリコのからだをいたはりながら
夜　帰つて来ると
匂ひでいつぱいになつてゐる
そこらの闇の底に溝がうたつてゐる
天体はみのりこぼれて
熟れた菜たねのさゝやのやうに
さや〳〵とはじけあつてゐる

モリコよ
こんなみちあふれた風景の片隅を
背をかゞめ
首をかたむけて
私はお前を注意ぶかく抱きながら

お前の死んでゆくのを
胸で感じながらあるいてゐる
ねえ
静脈めく田舎道にこぼしてゆく涙は
どんな青い草の種になるかしら

やはらかい虎毛の耳で
私の鼓動をおきゝよ
お前とお友達になつてからまだほんとに短いが
それももうぢき終るだらう
ほら
このきずが意味するのは「別れ」だよ

けれども　お前は始終私を感じてゐたね
私はお前が私の悲しみを嗅いでゐた事を知る
又私の孤独をあとつけて来た事を知る

私が烈しい病熱におそはれた時
お前も亦感電したやうに発病した
私はやがてよくなつたが
お前はよくなる事が出来なかつた。

私が病後のゆれやすい心臓をさゝへて
お前の病気をたづねに
土橋の角に高いアカシヤのある獣医の家へ行つた時
野の風がどんなに私にさゝやいたか知つてるか
お前と私のそのつながりに関してだ
そして共通な冷淡な人間に対する怒りだ
(お前のことを利害的にしか考へぬ『人間』!)
お前も亦知つてゐて呉れるだらう
(その私の「ひと」に対する悲しみを!)

モリコよモリコよ

獣医のをぢさんにもみはなされ
私の胸に来て最後の息をしてゐるね
私ももう疲れて来た。
モリコよ
野の中にもうかの家の灯はみえて来たが
もうその灯の中へはかへらないで
丘へのぼらう
丘はみのつた星々に近く　人に遠い
死ぬにいゝ所だ　静かにお死によ
最後の不思議な喜びの時間をすごさうよ

死ぬお前を不幸とは思はない
が冷い心に死を予想されながら
生きかへつた私が幸か不幸かはきめる必要はない
人間　私は
又立ちあがつて悲しみと愛との戦ひの中へ

疲れつゝ雄々しく入つてゆくんだよ
　モリコよ

さあ丘へ
匂ひみちた最後のたのしき時を
モリコよ

――一九二七・四――

『諸国の天女』

諸国の天女

諸国の天女は漁夫や猟人を夫として
いつも忘れ得ず想つてゐる、
底なき天を翔けた日を。

人の世のたつきのあはれないとなみ
やすむひまなきあした夕べに
わが忘れぬ喜びを人は知らない。
井の水を汲めばその中に
天の光がしたたつてゐる
花咲けば花の中に
かの日の天の着物がそよぐ。
雨と風とがささやくあこがれ

我が子に唄へばそらんじて
何を意味するとか思ふのだらう。

せめてぬるめる春の波間に
或る日はかづきつ嘆かへば
涙はからき潮にまじり
空ははるかに金のひかり

あゝ遠い山々を過ぎゆく雲に
わが分身の乗りゆく姿
さあれかの水蒸気みどりの方へ
いつの日か去る日もあらば
いかに嘆かんわが人々は

きづなは地にあこがれは空に
うつくしい樹木にみちた岸辺や谷間で

いつか年月のまにまに
冬過ぎ春来て諸国の天女も老いる。

＊かづく＝水にもぐる

イトハルカナル海ノゴトク

イトハルカナル海ノゴトク
我ハ滄《カハ》ラヌモノニシテ
微生物ノタダヨフママニ
我ガ内ニ光ルモノアリ消ユルモノアリ
ユラメキタダヨヘド我ハマドハジ
流レ去ルトモ我ハ忘レジ

還リキタル潮流ノ巨イナル環《クワン》
我ガ血脈ノゴトク
我ガ胸ニ巻ケルナリ

黒クシテアタタカナルモノ
寒冷ニシテ奔キモノ

雪フリキタリテ消ユルココロニ
過ギユクモノ我ニ溶ケヨ
我ハヲミナノ涙モテナベテノコトヲ記憶ス

去リシモノハ去リシナラズ
注ギシモノハ永久《トハ》ニアリ

我ハ渝ラヌモノニシテ
太古ヨリツヅク海ノゴトク

カナシミコソハハルカニテ
塩ハ徐《オモムロ》ニ濃クナリユクナリ

フルヒ落シテキタモノガ

フルヒ落シテキタモノガ
私ヲハルカニ呼ンデヰル
壁ニカケタル衣装ノココロ
風ニナガシシ花粉ノ行方
タトヘバ人ニソソギシ涙
トホクトホク去リテカヘラヌ
カシコニ天使ラフアエルガ
呼ベルハ私ガ七歳ノ
聖テレジアノオモカゲニシテ
今ハ私ノモタザルモノ

アヽ空ハ声ニミチタリ
時スギテ落チシ種子《タネ》ノゴトク
カナシキ皮殻ハ厚クトヂテ
私ハ凍レル地ノ中ニ――
フルヒ落シテキタモノガ
私ヲハルカニ呼ンデムナシク

雨フレバタマシヒノ

雨フレバタマシヒノ
ウルミテ春ヲタダオモフ
キヨイツメタイ暁ガ
次第ニアケテユクヤウナ
ウツクシイ手品ガイマハジマル

マダ来ヌ時間ノ豊富サヨ
私ハ小サイ種子《タネ》ノヤウニ
ヤサシイモノニタダコガレル
春ヲミタコトモナイヤウデ
アヽ私ハ何ニ逢フ
時クレバ私ハ髪挿《カザシ》ニナルダラウ
或ハ花輪ニ編マレルダラウ
風ニユラメク樹々ノ上デ。

雨ニケムラフ梢ノサヤギ
イマダ花ヲユルサレヌ
一ト時ウツクシイ飢渴ノスガタ
ワタシノココロトソレガミエル。

無色ノ人

壮ンナル個性モテル人ハ
絶壁ノゴトクソバダチテ
我ソヲ見ルサヘカナシク――

我ニヤサシキ人ハ
ワガ涙ノタメニ
色ナキ手巾ヲトリクル、
地ヨリ水ノ湧クゴトキ
シヅカナルソノ声ハ
オノヅトミドリ児ニ乳アリ
小鳥ニ翳アルコトヲカタルナリ
我ハ世ニモスナホニウベナヒテ
ソレライト小サキモノノ輩《ナカマ》タラム

カナシミノイヨヨフカキホドニ
我ハ無色ノ人ノ懐ニナクナリ

冬

空気は屈折度ある故に
もう十二月のはじめから
次第に昼間の時間は延びてゐるのだ
一番の虚無は九月であつて
冬至には皮膚にかすかなよろこびを感ずる
樹の影は紫の色濃く
それがあんまりひどいので
朝はまるで焔のやうだ。
昆虫が感じるやうに冬の中のわづかな春を感じつつ

わが生命はいま原始である。
或は芽生への胚葉である。
夏に蟬のなきしきるやうな危険はいまはなく
物事すべて憐れにみえ
軌道はしづかな油を感じる
くさんちつぺも可哀さう
にんじんの母親もかはいさう
トルストイ夫人も自分のやう
まして私はかはいさう
これでは気のきいた批評などは書けず
ただどもるばかり
わが身はやや霜と寒気に慣れはじめ
物事皆憐れではあるが
南無とも云はずにこにこしだし
再び詩をば求めよう。

＊くさんちっぺ／にんじんの母親／トルストイ夫人＝共に夫を又は子供を苦しめた女性

ある夏の日に

ある夏の日に
私はとある古物店で
四五顆の玉を買ひ求めた
美しい緑青色の雫のやうな磁の玉と
疎《あら》い古びた龍の模様の七宝の玉であつた。

これは隣国の中華の国で
いつの世代かに作られた
美しい魔術のやうに作られた。

どんなに小さい玉でそれがあらうと
決してよその国では出来ないくらいに
美しい魅力のあるものを作り得た
かの国の文化を私は尊敬する
これらはどんなにしなやかな
やさしい人々の頸飾として
その支那絹の服の上で鳴つたらう
私はこれらの技術の舶載の上に
何か精神的な附加をもつた日本を知つてゐる
しかしそれ故にかの国を軽く見るには
あまりに支那の魔術は美しい
この二三の小さい磁玉の故にも
私はかの国を愛するだらう

私は日本で出来たよい布で
西洋のかたちの服をつくつた

私は美しい雫のやうな中国の玉を
その胸のかざりボタンとした
私はそのボタンをみるたびに
焼けつつあるかの土地を悲しんだ。

麦死なず

樹がしつかりと地面に立つてゐる
それだけのことだつてどんなに見事なことか知れない。
季節にしたがつて緑はかゞやき
やがて或る日一めんの雨と降り去る
そこには人が老いてゐるやうな哀傷も憐憫もありはしない。
私は深い羨望をもつて
その葉のない幹をあふぎみる。
ある時期にあらはれ、そして急に消え去つた女の一群それも葉がしげり又散るやうに行方知れずになつた。
彼女らの革命的な行動は
多分それだけでもう用はすんだのだ
しかしその時期の間に
少くとも年輪は一個ふえた。

葉に心を痛ましめる人もあるが
しかし葉の運命を冷笑し物嗤ひにする人々は更に多い。
男性は自分らの不明を反省するよりは
浅はかな理想の幻影に
エキセントリックなまでに殉じようとした彼女らをあざける。

私らにとつては樹木が自然の季節を知るやうに自明であることは
なんにもない。
どんなことでも私らは迷つて見なければならないのだ。
彷徨しないために一生さへ彷徨しなければならないのだ

嵐に本当に戦ふものは葉であらうか幹であらうか。
願はくば我が運命が葉でなく幹にあることを。
我等が犠牲に対する日々の焦慮と日々の涙。
願はくばそれが女性の運命に
波紋の伝播する如き
美しくいのちある年輪をきざまんことを。

流れるごとく書けよ

詩をかく日本の女の人は皆よい。
報はれること少なくて
病気や貧しさや家庭の不幸や
それぞれを背負つて
何の名誉もなく
何年も何年も詩をかいてゐる

美しいことを熱愛しながら
人目に立つ華やかさもなく
きらびやかな歌声もなく
台所の仕事にもせいだして
はげしすぎる野心ももたず
花を植ゑたり子供を叱つたり
そして何年も何年も詩をかいてゐる
先生もなく弟子もなく
殆ど世に読んでくれる人さへなくて満足し
風の吹くやうなものだ
雀の啼くやうなものだ
しかし全く竹林にゐるやうなものだ。
あゝ腐葉土のない土地に
種まく日本の女詩人よ
自分自身が腐葉土になるしかない女詩人よ
なれよ立派な腐葉土に。

あらゆることを詩でおもひ
あらゆることを詩でおこなひ
一呼吸ごとに詩せよ。
日記をかくやうにたくさんの詩をかけよ
手紙をかくやうにたくさんの詩をかけよ

失へる日に歔欷の詩を
逢遇の日に雀躍の詩を
無為の日に韻無き詩を
培かへる日に希望の詩を
恋人のためにわが髪の詩を
子供のためにほゝずりの詩を
兵士のためにマーチを
時々刻々に書き書けば
成りがたい彫心縷骨の一篇よりも
更に山があり谷があり
貴女の姿のまるみのみえる

逆説的の不思議はそこに
普段着のごとく書けよ
流れるごとく書けよ
　まるでみどりの房なす樹々が
　秋にたくさん葉をふらすやうに
　とめどもなくふつてその根を埋めるやうに
　たくさんの可能がその下にゆつくり眠るやうに。

大いなる樹木

我は大いなる樹木とならん
そのみどり濃き円錐の静もりて
宿れるものを窺い得ざるまで。
素足を水に垂るるごと
人知れぬ地下の流れを
わが根の汲めるよろこびにまで。

我は大いなる樹木とならん
われを見る人おのずから
安息《やすらぎ》の念《おもい》をおぼゆるまで。

されどわがしげき枝と葉の

『大いなる樹木』

おくれ毛のごとく微風にも応えん
誰よりもさとく薔薇なす朝の光に先ず覚めん
地にしるす青き翳の
レエスの裳のごとくひろがりて
われが想いのやさしからん
われが想いのすずしからん
樹は行かず
樹は云わず
されど天の子供の降り且昇る梯子ならん
まひるわがもとに立寄り憩うものあらば
われふかき翳と尽きざる慰めとを与えん

嵐の日
更に我は大いならん勁からん
根は大地をふみてゆるぎなからん

されど樹液の流れみだるるなく
瘡痍さえすずしき匂いをはなち
やがて又ほほえみの唄をささやかん
夜来りなば闇に溶け去りて
人知れぬ時に
その唄のみは見えざるさざなみとならん

外はいつしか

外はいつしか春のみずいろ
おもむろに樹々はひかりはじめ
雨も風も心をなごます
私にいるものが漸く来たのか
陽の傾斜のわずかな回復
これが私にそんなにいるのか

私の心の弱さかぼそさ
わがままにさえ私はねがう
よい時季《とき》よ私に来てくれ
よい友よ、私をたすけ起せよ
かえらぬ過失や悔いを忘れしめ
つれなき行為を笑みもて受けしめ
笞《しもと》の下をも黙してしのび
ああわが心を春のやさしさもてみたしめよ
わが詩は私を最も知る故に
歯の嚙みしめた菲沃斯《ひよす》の味を
舌の知らずにあり得ぬ故に
右の眼のかなしみを
左も涙せずにいられぬ故に
わが心を春の雨のやさしさもてうるおさせ。
わが心を春の雲のごとくなびかしめ、

わが詩に苦がきものあらしめな。

春の夕べの小石のごとく
わが詩に紫の翳をたたえしめ
眠れる地虫の春を知るごとく
眼も耳もなく春を享けしめ
ああなべての事に堪えんため
私にそそげ春のみずいろ
私にそそげ春のみずいろ。

起てよお前は朽葉でない

起《た》てよお前は朽葉でない
地中にお前の白い鬚根を
光のようにさし伸せよ。

遠山に雪の消えゆくままに
流れだせよほとばしれ。
世の中にはいまやお前の歌がいるぞ。

自分のことで悲しむ前に
お前の翅に気がつけよ
お前の翅に気がつけよ。

わが運命

汝の悲運は汝の素質から来たると
智慧ある人が私に云った。
彼の言は甚だよい。
西洋梨の形が西洋梨であるように、
私は私につくられた。

私は神をおそれよう。
かぎりなき悲哀の心は
これは私の素質であるか。

私は家の中をととのえ清潔を愛し
眉をさわやかにし
陽のてる間、水の流れるようにはたらき
夜は早く疲れていね、
人を恨まず
心をやさしくしてよい運命を迎えよう。
身のまわりに矢弾の流れるようにすき間もなく飛びきたり
時に私を貫くものは何であろうか。
貫くと思うのはこれはわが素質であるか。
ああ私は心をすこやかにし
我心をいと小さきよろこびもて充たそう。
こまかくきらめくよろこびもて充たそう。

ああ私は脊に堪えがたき重荷を負い
跛行する足もとをおもい
苦しみに折れんとする自分をおもう。
けれどもそれは或はわが幻影
わが素質の投影にすぎないものか。
私は却って信じようわが幸福を。
わが生きて吸う呼吸の幸福を
わが生きて視る眼の幸福を
わが生きて聴く耳の幸福を。
真夜中にふと目覚むれば
大気はひややかに源流のごとく
美しい静寂が世を領している。
私は惜しみのあまりに飛びおきて窓辺にすわる。
その時おもう、
世の不如意それは幻影にすぎないかも知れぬ。
わが悲運はわが素質の投影にすぎないかも知れぬと。

ああ私は心を謙虚にして
私に与えられたるものを感謝して享けよう。
いとささやかなるものにも感謝し、
いつもよろこびやすい心をもってよい運命をむかえよう。
いつも日光に向う草のように全身を透かしていよう。
よく働らくすこやかな手足をもって
世の不如意それは幻影にすぎないと信じよう。

母の心配

子供は出ていった
富士へ登ると出ていった。
輝やく夏雲に囲繞された去年の富士の思い出に
又心いざなわれて出ていった。
何も出来ない母親の私

子供のゆくのをさえぎる事も
そして今や降り出した雨の
次第次第に強くしげくなるのを
母心の祈りで止めることも。
自然の力に打捷つような
それほど強い言葉を私は持たなかったから。
小さな母親に出来たことは
ただ下界でおろおろする事ばかり。
雨はますますしげくなり
家は滝壺の中に在るようだ。
三日三晩睡り通した雨の中で
子供はどんな岩角によじのぼり
どんな所で眠っているだろう。
何か物を云うたびに涙が泛び
夜は夜通し絶え間ない雨の音の消長に聴き入って
殆ど杵で搗かれたようになった。

子供の生れた時から今までの事が
次から次へと思い出された。
あの突然眼のさめた暁け方に
第一の陣痛がやって来たのだ。
あのつめたい凍るような朝
私は病院へいったのだ。
まだ人の起きぬ都大路の起伏を
自動車で疾駆していった時
心はきよく澄みわたり
はじめて祈りの心を覚え
ただ我が身を神にまかせまつり
次第に輝きはじめた行手の横雲の方に
合掌しつつ涙をこぼしたのだ。
それ以来九年間、
あの時に叱った事や
あの時にこちらをむいて笑った顔や

いつもは記憶の底に眠っているものが
すべて心に起ち上り私を苦しめた。
それらはすでに帰らぬ姿ではなかろうか、
惨酷な自然はほんの一吹きで髪の毛をとばすように彼の生命をうばうこと
も出来るのだ。
私の力の及ばぬ故に
ただ一刻一刻の早からんことを念じ、
雨の少しく弱まる時に希望にすがり
忽ち又激しい絶望に落された。
しかししかしやっと時が来た。
三日目の夜更けて戸の外に声がした。
私がとびだしてゆくと共に
びしょぬれになった幼ない子供が入って来た。
団服はすっかり身にまといつき
しかしリュックサックをちゃんと負い
手には金剛杖を持っていた。

ああ自分の足で確に歩いて入って来た。

その顔は雲上の紫外線に焼け
三日のうちに凛々しくしまっている。

丈さえ高くなったようにみえた。

「登ったの？」

「登ったよ」

「頂上まで？」

「頂上まで」

彼は茶の間へどんどんあがって来た。

その様子に少しもくたびれた風がない。

私は彼のまわりにおろおろした。

姉娘のレインコートの染め替えたのを持たせたので
シャツもリュックもすっかり紫紺に染まっていた。

凍る山頂の気温と戦ったパンツも靴下も皮膚にはりついていた。

しかし彼はそれらの事をちっとも気にしていないようだ。

彼は自分の手ですっかりそれをぬぎすてた。

彼は裸身になってつっ立った。
母親は心配する。
子供は試煉をうける。
結極それはいい事だった。
ほほえむ富士をみたあとで
荒れた富士をも知るがいい。
やがて母親の心配はいつの日か
最高の道を求めて戦う子供のまわりで燃えるだろう。
その時までに母親も涙のうちに鍛えられ
又祈りとともに悟ることだろう。
夜更けの風呂に入れてやりながら
母親はたずねた、殆どとめどもなく。
その顔はおさえ切れぬ安堵と喜びで一杯だった。
子供は答えた。むしろぶっきら棒に。
「お握りはコチコチに凍ってたべられなかった。
パンと梨はうまかった。」

「雲が巻いて来て崖道がとてもあぶなかった。
二タ晩山室でとまった。
強力はやとわなかった。
痛い所？
それは首さ。
だってあちらこちら見なくちゃならなかったから。」
おお母親の心配は無限ならん。
子の成長も無限ならん。

そよ風のふく日に

○

そよ風の吹く日にお前は来た。
突然天からころげ落ちたように泣きながら。
お前のために何でも堪え忍ぶよと云う叫びが

牝獅子やなんかが思うように
その時突然私の中におこった。

○

まだ目もよく見えないのに
天の仲間を思いだしている赤ん坊。
誰も乗っていないぶらんこが
かすかに風にゆれているように
朝の光の中でやさしい笑い顔をしている。

○

暑い日がはじまるようだ。
窓の竹の葉に黄金《きん》色の露の玉がのぼっている
一日一日回復してゆく私。
働ける日の幸福を待ちながら
しばらく憩う時間のきれいな水たまり。

○

小さい魚が
蓮の葉をつつくように
お前が来て私を吸う

○

私のさびしい生涯に
お前はみどりの翳をなげる。
窓の外にさしのべた
楓のゆれやすい枝のように
ただ形なくちらちらした光
それでいて私に無限のことを考えさす。
ほんの少しの美しい言葉や
かすかな愛のまなざしで
私のさびしい生涯を

現世に執着させる。

だましてください言葉やさしく

だましてください言葉やさしく
よろこばせてくださいあたたかい声で。
世慣れぬわたしの心いれをも
受けてください、ほめてください。
あああなたには誰よりも私が要《い》ると
感謝のほほえみでだましてください。

その時私は
思いあがって傲慢になるでしょうか
いえいえ私は
やわらかい蔓《つる》草のようにそれを捕えて

それを力に立ち上りましょう。
もっともっとやさしくなりましょう。
もっともっと美しく
心きたる女子《おなご》になりましょう。

ああ私はあまりにも荒地にそだちました。
飢えた心にせめて一つほしいものは
私があなたによろこばれると
そう考えるよろこびです。
あけがたの露やそよかぜほどにも
あなたにそれが判ってくだされば
私の瞳はいきいきと若くなりましょう。
うれしさに涙をいっぱいためながら
だまされだまされてゆたかになりましょう。
目かくしの鬼を導くように
ああ私をやさしい拍手で導いてください。

美しい国

はばかることなくよい思念《おもい》を
私らは語ってよいのですって。
美しいものを美しいと
私らはほめてよいのですって。
失ったものへの悲しみを
心のままに涙ながしてよいのですって。

敵とよぶものはなくなりました。
醜《しゅう》とよんだものも友でした。
私らは語りましょう語りましょう手をとりあって
そしてよい事で心をみたしましょう。

ああ長い長い凍えでした。
涙も外へは出ませんでした。
心をだんだん暖めましょう
夕ぐれて星が一つずつみつかるように
感謝と云う言葉さえ
今やっとみつけました

私をすなおにするために
あなたのやさしいほほえみが要《い》り
あなたのためには私のが、

ああ夜ふけて空がだんだんにぎやかになるように
瞳はしずかにかがやきあいましょう
よい想いで空をみたしましょう。
心のうちにきらめく星空をもちましょう。

年月をすごしても

私をいとおしんで下さる方よ
昔を知って
今の私をあわれと思って下さる方よ
こんなに苦しい年月をすごしても
幼い昔のおもかげが
やはり私の瞳にのこっていましょう。

なぜなら
どんなに不運の波が寄せて来ても
せせらぎにたゆたう水藻の花のように
いつまでも見失わず
どんな時でも生きている
小さな希望が御座いますから。

たとえ笞《しもと》で打たれても
鞭つ人への思いやりが
泉のように湧いて来て
かすかにほほえむことが出来ますから。
なぜなら
もっと美しい世界のありうる事を
私はいつも信じますから。
一足ずつそこへ近づいてゆこうとつとめますから。

幸福な昔の私のおもかげが
またたきのまにまに木もれ日のように
年月をすごしても残っていましょう。
ああ昔を知って
今の私をあわれんで下さる方よ。
眼の中の水藻の花をどうぞお摘み下さいまし。

私のためにただ悲しまず
けなげよとその花を採っておかえり下さいまし。

踊りの輪

美しい娘たちにまじって
私の娘も踊っている。
人々の中にかくれて
私は彼女をみつめている。
私の結んでやった罌粟《けし》色の帯は
まだ和服に慣れない新らしい稜《かど》があって
手足のふりもひかえ気味に
彼女は連れの娘たちにまじって踊っている。
あんまり見劣りはしないだろうか。
幸福そうにしているだろうか。

いつも手許へばかり置いて
遠くから見た事はなかったのだ。
私があれくらいの時に
抱いていた願いや夢を
彼女もやっぱり抱いているだろうか。
私のほかに誰か彼女をみているだろうか。

踊りの輪はだんだん大きくなって
唄の声は次第に高まる。
遅い月が山をはなれて
空は一めんのこまかいさざなみ雲
さざなみの皺《しわ》ごとに
銀の発光がはじまる。
やさしく進んでは歩をかえす
青もやの中の大きな花のようにぼやけて
湖水の妖精のような一群の中

もう誰が誰ともよく判らない。
美しい娘たちにまじって
私の娘も踊っている。

夜に燈ともし

かいこがまゆをつくるように
私は私の夜をつくる。
夜を紡いで部屋をつくる。
ふかい菫色の星空のもとに
一人だけのあかりをともして
卵型の小さな世界をつくる。
昼はみんなのためにある。
私はその時何もかも忘れて働くのだ。

夜にはみんなが遠い所へ退いてしまう、
すべて見えていたものが見えなくなり
我ままな私のために
やさしく遠慮ぶかく暗い中に消えてしまう。

さびしい一人だけの世界のうちに
苔や蛍のひかるように私はひかる。
よい生涯を生きたいと願い
美しいものを慕う心をふかくし
ひるま汚した指で
しずかな数行を編む

苦しい熱にみちた昼の私を濾して
透明なしたたりにしてくれるもの
一たらしの夜の世界
自分のあかりをつけるさびしい小さな世界

おもいでと願いのためにある卵型の世界
一人で通る今日とあしたのしずかな通路。

降りつむ

かなしみの国に雪が降りつむ
かなしみを糧として生きよと雪が降りつむ
失いつくしたものの上に雪が降りつむ
その山河の上に
そのうすきシャツの上に
そのみなし子のみだれたる頭髪の上に
四方の潮騒いよよ高く雪が降りつむ。
夜も昼もなく
長いかなしみの音楽のごとく
哭きさけびの心を鎮めよと雪が降りつむ

ひよどりや狐の巣にこもるごとく
かなしみにこもれと
地に強い草の葉の冬を越すごとく
冬を越せよと
その下からやがてよき春の立ちあがれと雪が降りつむ
無限にふかい空からしずかにしずかに
非情のやさしさをもって雪が降りつむ
かなしみの国に雪が降りつむ。

禱り

我に単純なるよろこびをあたえたまえ
にがき智慧の反省を捨てさせたまえ
きらめく肉体のよろこびをあたえたまえ
風にふかるる草木のよろこびをあたえたまえ
一夜の彷徨をすてさせたまえ
蒼きあけがたに蹠《あなうら》より流るる血しおを
ただしずかなるせせらぎもて洗わしめたまえ
我をしてかぎりなく美しくあらしめたまえ
我がために傷ける人と
我とを共に生かしめたまえ
その人の我を打たん時
我をしてなおもすなおにあらしめたまえ

『焔について』

彼の悔いんことを悲しみて
我つねに笞の下に止りたり
わが長き忍苦の心を解かしめたまえ
我をいとも単純なるよろこびもて甦らしめたまえ
ああ我あまりにも重荷をのみ選びたり。

村にて

友達と云うものはないのですか、ここでは。
肉親と親戚と隣人のほかに
その精神を愛と理解でつないだ
友達と云うものはないのですか。
あなたは大工私は詩人
それでよい友達にはなれないのですか。
男であり女であり

それでよい友達にはなれないのですか。
お互に温い心を抱いて
お互の成長をよろこぶ
さびしいこの世で力をあたえる
我が魂の難破をささえる――。

公会堂の屋根の上から村をみれば
川はしずかにめぐっていて
夕日はいまあおくかなたに落ちようとする。
この不思議なる一日に
あなたの魔術の手下となって
私は蜂のように働きました
長い梯子を昇り降りして
屋根板や釘をとってあげますたびに
私の誠実もさしあげました。
だのにそれは今日一日

かわらぬ友達と云うものはないのですか、ここでは。
さびしい孤立の生活を
私はかしこのくずれた白壁の家でおくるのですか。
一日光のようにすばやく小気味よく
詩人を使役した人よ
あなたの鋸や鑿のようにも磨ぎすまされる
私の値打をお気づきではなかったのですか。

女のうたえる

お友達のちっともないあなたは
私ばかりをみつめていらっしゃる。
そして私をお叱りなさる。
心の足りない女だとお叱りなさる。
まだ　まだ

まだ　まだ
愛のあかしが足りない
いつも娯しそうに見えないとはけしからん
僕のために今日の天気が予言出来ないとはけしからん
私に出来ない無理ばかりお云いなさる

私は魔術を習いはじめたい。
私の一瞥であなたの批評を止めさせたい。
私は指一本であなたの心を眠らせたい。
私は箒にのって毎夜出かけたい。
煙のように髪をなびかせながら
山の瀬を跳びこえたい。
私は彼の叱咤をわらいながら
きらめく月光の中へ飛んでゆきたい。

単純なあなたは

死ぬ程の私の苦しみを想っては下さらない。
それでいてやがて平気であなたは天国へおゆきなさる。
そして魔術を念じた私は地獄へ墜ちる
ああそれで跳び越えられない百億年の距離が出来る。

愁いの顔

単純な貴方に
愁いの顔をみせた私ははしたない女でした。

いつもあんなにやさしく私をみつめて下さる
その眼は私をいたわるおもいにみちているのに
今日はその光で
あまりに私の心がふるえすぎました。

それは貴方の罪ではないのです。
だのに私は
そんなに私を強くみつめないで下さいと
貴方のやさしさをおことわりいたしました。
よろこびをよろこびと出来ないで
なぜと自分でも判らずに
卒直なその眼をおことわりいたしました。
ただ私の愁いの顔で。

それは貴方にすぐ波紋して
貴方はひどく青ざめ面を伏せ
だまって貴方の馬を追ってゆかれる。
そのすなおな生き物を
人間の女よりは
どんなにかいたわる値打があるかのように。

昨日貴方が戦車を禦する神話の人そのままに
生き生きと馬を追っていらした時に
その荷は山のような刈り入れの麦でした。
細い畔径で私とゆきあった時
貴方は私の麦をみてほほえまれ
そして私の荷を荷車ごともちあげて
道を通らして下すった。

あのこのましい単純さは
もう永久になくなりました
いたましい反省のおもいを
私は貴方の心に植えました
無垢はもう還らぬものとなりました
おお単純な貴方に
愁いの顔をみせた私は
あまりに浅はかな女でした。

木蔭の人

私はさっきから木の蔭で
あなたがじっとみていらっしゃることに気づいていた。
夫にいたわられて
チチアンや
ルノアールのような白い輝きにみちたあなたが。

ただ一人あえぎながら
苦渋の火花の中できたえられて来た私。
今立派にすっくとつっ立って
どうやらあなたの夫と話している私。
もう恥かしさもなく
ただ一人前の人間らしく――。

でも私は気づいている。
あなたの眸が青々と
濡れたように警戒と心配で光っているのを。
私の驕った心がやさしくなる
女のあわれさが身にしみて
私は次第にうなだれてゆく。

ほんとにあなたの夫はすぐれた方
その前に立つことが私の小さなよろこびであることを
あなたはするどくみぬいていらっしゃる。
鍛えられて私の皮膚が金色にかがやいていることを
あなたはちゃんと見ていらっしゃる。
その上にも私が雲のように襞多いブラウスで来たことを知っていらっしゃる。
そしてまあたらしいシャッポでいることとも。
あなたは何もかもみぬこうとしていらっしゃる

さびしいような潮が私の胸にこみあげる。
幸福なあなたから
ほんとは私は何一つ取上げようとはしていない。
ただ一人前の人間らしく
お話出来るのがうれしいのだ。
ああ邪悪な何ものにも乱されず――
私の心は次第次第にうなだれる。
ああどうしてだかわたしら女と云うもののあわれさに――。

梳り

あなたは私を梳《くしけず》りにいらしたのですか
私を長いすなおな髪にとかすために。

やさしいあなたはいつも宙間にばかりいらっしゃる
そこへむかって私はほほえみ
鳩のようにはばたく想いや言葉をなげる。
だのに現実のあなたに逢うと
私はすぐ打ちまかされくだける。
ほほえみがしぼんで私は蒼ざめる。
いつもいつもそんな風に
あなたは私をおためしなさる。
もうどちらがほんとのあなたとも判らずに
私は迷う、私は疑う。
それでもあなたはよろしいのですか。

あけがたのそよ風の中の
丈なす荒地野菊のようにゆれて
私は自由に粗野に育ちました
私は自分の心を

自分で恃《たの》んで居りました
だのにあなたの梳りが
私をゆすぶる、私をいたます。
私の皮膚に私の心に
雪の上の橇のように痕がつく。

けれども私はいつでも思いかえします
私の愛の浅いことを。
我ままにばかり育ってあなたの意味のわからないことを
きっと私にはもっともっといるのです
休みなき目覚め、休みなき痛み。
ほんとにあなたは私を梳りにいらしたのでしょう
私を長いすなおな髪にとかすために。
ああ、ああ、きっと
私があまりにもつれみだれていますために。

私は

あなたは薔薇を挿して可愛いい女でいらっしゃい。
あなたは濃い紫の帯をしめて佳い妻でいらっしゃい。
あなたは笛をかくして賢い女でいらっしゃい。
あなたはマルタのように落ちついて厨にいらっしゃい。
私は輝くものをしたいながら自分の仕事着も繕えずにいるのです
私はかぎりなく暖かさを求めて自らは厳しい鞭にさらされているのです
私はそこの白い山菊のように寂かに咲いていたいと願いながら
千々にくだけてちらばるのです
私は人のためのなだめ歌を書こうとしながら
書きつぶしの紙のようにみじめなのです。
私は一皿の料理にもあまり心をこめるので
人の気に入らなければ泣きたいのです。
季節の通りすぎることさえ

流星の痕をつけるのです。
私の上を移る軛《くびき》は
緩漫にして堪えがたいのです。
時の癒《いや》しを待つことはしのぎがたいのです。
日々に私の失うものを見つめて
すべてのことを忘れがたいのです。
自分の責任で冒険しようと心はつねにあせるのです。
運命を信じて美しい人々をつねにどんなにか羨むのです。

この夏の最後の詩
――我夏を恋う、夏を恋う

夕ぐれの蒼いさびしい雨が降りだした。
いましなやかに身体を前かがみにして
馬に騎った人が土塀の角を曲っていった。

何か思いだせない絵にあるように音もなく。
私がその角までゆくと
坂の上の橡の木のかげに
そのしっぽだけが
はねあがるようにちらりと見えた。
かえりついて画集を繰ると
ゴーギャン集のなかにそれは遠く小さく描かれてあった。
そして手前には私さえも描いてあった。
私はタヒチのやさしい娘になって
髪にこぼれやすそうな花を沢山挿していた。
その顔は、今消える虹をみつめるように愁いにみちて
そのこころがすきとおるくらいに描いてあった。
画集を閉じて私は云った。
とどまれ私のこころ
この一枚の古い絵の中に、
ああそして黙せよ

これが私を描いたものであると云うことを。

焰について

焰よ
足音のないきらびやかな踊りよ
心ままなる命の噴出よ
お前は千百の舌をもって私に語る、
暁け方のまっくらな世帯場で――。

年毎に落葉してしまう樹のように
一日のうちにすっかり心も身体もちびてしまう私は
その時あたらしい千百の芽の燃えはじめるのを感じる。
その時私は自分の生の濁らぬ源流をみつめる。
その時いつも黄金《きん》色の詩がはばたいて私の中へ降りてくるのを感じる。

焔よ
火の鬣《たてがみ》よ
お前のきらめき、お前の歌
お前は滝のようだ
お前は珠玉のようだ。
お前は束の間の私だ。

でもその時はすぐ過ぎる
ほんの十分間。
なぜなら私は去らねばならない
まだ星のかがやいている戸の外へ水を汲みに。
そしてもう野菜をきざまねばならない。
一日を落葉のほうへいそがねばならない。
焔よ
その眼にみえぬ鉄床の上に私を打ちかがやかすものよ

わが時の間の夢殿よ。

*世帯場＝厨

私の足に

私の足に合う靴はない。
私にぴったりする靴は
星の間にでも懸っているだろう。
私は第一靴と云うものを好かないのだ。
足の形につくって足にはめると云うことは
全く俗なことではないか。
それに奴隷的なことでさえある。
私はもっと軽くもっと翼のあるものがいい。
もっと水気があって、もっとたんわりしたものを選ぶ。
そんな風に人々はちっとも考えないのか。
ひさし髪と云うものが当然であった時もあった。
長い裾をひきずらなくては

恥かしくて歩けない時もあった
夜、星のすべすべした中に靴をさがす。
靴型星座をたずねあぐんで、
私のもすそはその時東の暁け方にふれる。
けれども夜があけて私は草の上に立っている。
私の蹠は大方の靴よりも美しい。
そしてこの蹠はいつも飢えているのだ。
そしていつも砂礫に血を流すのだ。

この海の

この海の碧い美しい色を
あの荒々しい昔の海のインジゴーに比べることは出来ない。
そのほとりで私が育ち、その晦冥もその無言もすべて私の内部のものとなっているところの――
それは荒磯に小石をまろばし
滝のような飛沫をもってなだれかかった――
冬の日には重いオルガンのように
幾昼夜も降りつぐ雪を吸いこんだ――

見交わしているこの人の瞳の
宝石のような色は
きっと私のと似ていない。
陽にさざなみをきらめかして私に近づく人は
やがて私の海のあまりにつめたい色にふれておどろくだろう。
私は息をひそめている。
私は月光のように蒼ざめている。
やがてこの人は
私が
鬣をもった波濤の変形であるのに気づくだろう。

私はその人を征服したのだろうか

私はその人を征服したのだろうか。
私はその人の前でもう顫えなくなった。
凍りついていた機智はようやく溶けて
私の言葉でその人は三月の樹々のように笑う。
しかしそのためどれ程の時間が要ったか云うことは出来ない。
又見えないボルトがどれ位胸をしめつけたかも。

病気は過ぎた。
私の流れはゆるやかになった。
自由が来た。
生涯も傾き羽も殆ど抜け落ちた今。
征服と云うならばたしかにそれだ。

それはカンチェンジュンガがやっぱりへりもせず
蒼ふかく聳っているようなものだから。

私はその前へ大胆にいそいそと進んでいく。
私はゆっくり彼を視る。
私はその白髪を見、その皺を見る。
激しい風雨にけずられ彫られた痕を
傷ついた一羽の小鳥ででもあるかのようにさわることが出来る。

やがてその手で自分の顔を被うて涙を流しても
それは焦慮のためではないのだ。
今は人間を祝っているだけなのだ。
もしそれをしも征服と云うならば――

我のなべて

我のなべてを君は肯定したまうや
我なげき我の苦しみをも
わがかく創られしことをも。
風の日の葦のごとくに我は在り
やまざる樹々の枝を休めたまえ
重荷負える人の像《すがた》を空に鐫《え》り
星は幾億年を廻転す
我が呼吸につねにまじれる
砂礫を理解したまうや
我が胸に絶えず焚かるる
業火をゆるしたまえるや
我鉄床に打たるるを
何に作られんためと知りますや

そのつかの間の火花をこそ人はただ美しき詩と呼べども。
我のなべてをゆるしたまえ
我が足を抱き香膏をぬりたまえ
我をわが十字架より下ろしたまえ
我によみがえりを与えたまえ
四方に春の来るごとく
ひしめく氷をくだきたまえ
烈風によじるる樹々をやすめたまえ

月について

東の空に燃えるように懸っている月は
今わが肺腑から噴き昇ったのだ。
彼女の裏側の峨々たる山水は人にみえない。
その山巓は死の輪をはめている。

そこには樹もない水もないのだ。
千仭の瞼と寂寥の唇。
その裂け目は何万年もふさがらないのだ。
汝は輝く反面もて人に対《むか》う
けれども力尽きてやがてそれは欠けゆくのだ。
もう殆どその美しい半面を保つに堪えられなくなるのだ。
その繊《ほそ》い繊い線状の輝きで
辛うじてこちらへ光を送ってくる時、
お前は可愛そうだお前は憐れだ。
然しそんなに繊くとも
雲一つない夜空が
硬質に張りみちた時
お前のたよりない光は
さざなみのように空間をただよって来て
樹々の影を地上にうすく描く
それをみると私は泣きたくなる。

地上では山や谷は絶え間なく風化するが
お前の山水は常に変らず屹立している。
お前をなだめるものは何もない。
静かにお前の軌道を変えようと誘うものもない。
今炎のように燃えさかっている月よ。
枯れ且つ輝けるわが魂よ。

金星

私はつめたい星空を吸った
しおからくそれは私に流れこんだ。
蝎はそのたばね熨斗《のし》の形のまま
しわしわとしぼまり
カシオペアはその長い髪のジグザグを
蛇のようにうねらせ
北斗も念珠のようにつながったまま
私の喉をすべっていった。
しずかなあけ方に
天の星はみななくなって
そして私の内部は
キラキラと彼等の青い鱗で燃えた。

『薔薇詩集』

最後に喉にかかった釣針みたいな金星を
私はものういため息とともに
東の空にむかって吐きだした。
それはしばらくゆれていたが
さびしいあじさい色の空に一つだけ残って
しずかに綸《つりいと》の先端にひかっていた。

貴方の手で

貴方の手で
私を美しく描いて下さい
その瞳をあの山々の色にして下さい
冬の藍色がかぎりなく湛えているあの憂愁に
そして今生れた色のみずみずしさと
太古からあるものの大きな許容をともにこめて下さい

私の眉を飛翔への憧憬にして下さい
あの極めて高い所に泛んでいるものとして下さい
それが夕焼の一とき燃えあがることをおゆるし下さい
私の鼻をしっかり落ついたものに
地上の苦しみを敏感に知り
しかし自信のある稜線として下さい
そのスロープは従順になだれて来て
忽ちせせらぎの渦まく曲線に陥らせて下さい
その唇はすこしの窗をもった沢山の小さい花々と同じにして下さい
それはあかぬ願望を形象し
そしてつつましさの中に不思議な鍵形をほりこんで下さい
弾力のある耳は小さい呼び声をよろこんできくものに
その肩を厚くありとあらゆる現実の苦しみを支えて
なおしずかに息づく勇気をしめさせて下さい
その胸の中には生命のほむらを燃やし
善と悪は共に清い炎にかえるのです

髪の毛のしげみには
陽のあたるなつかしい昔の叢《くさむら》の匂いを
ほほえみの中には
理解のふかさが愛の心からほとぼしっていることを
すべて描かれた私がそのままの私であると
貴方の心で信じて下さい
蛇が皮をぬぐように
その時私は新らしくなり
その画像と一つになりましょう
私の変貌をみた人は
愕いて指をさすでしょう
そしてそれは自然そのものを指すでしょう

一日、昔の風が

一日、昔の風が吹いて来て私を騒がせた。
どこに今までさまよっていたのか
おそらく世界の涯までも流れていたのか
私は長らくお前に逢わなかった。
それは荒々しく私の梢をめぐりゆるがし
昔の事を思い出さす
さびしくふるえがちな
一本の苗木であった時のこと
そのかげはほそく地上に描かれ
まだ浅いはるの光をあびてみずみずしくのびようとした
そのころのことはまさしく我が年輪にしるされた。
しかしそれは来る年々の表皮に被われてもう見えなくなり
内部にふかくしまわれていた。

昔の風、お前は私のまわりをゆきつもどりつして
入れて貰えない夜更の帰宅者のように私を叩く
そして昔の私を探す。

おお私の中に埋れている柔い木よ
おいで、おいで外へ
私もすっかり忘れていたお前の指、お前の髪
昔の事はもう思うまいと誓っていたのだ。
神様が返してあげようとおっしゃっても
その青春を返して貰うまいと思っていたのだ。
それは私の負けじ魂だったかもしれない。
或は嫉妬であったかも知れない。
お前は佳かった。
お前はやさしかった。
古い木の中にはまっているナイーヴなものよ
もうすでに影をもたぬものよ。

今ある固い大きな殻のまわりで
昔の風がしきりにゆする　つつき出そうとする
柵の中の仔を助けに来た山の母親のように
波のようにさわがしてお前をとり出してゆこうとする。
はにかんでいるお前を
そして私の中に竄《かく》れようとしている柔かなお前を。

朝になると

朝になると
いってくるわと云って
樹々のしげみの中にかくれてゆく菜穂子は
髪の毛もまだ短くて二本の固い三つ組にあみ
小鳥のように見えなくなる
汽車にのって学校へいくために

早くかるくふんでいく足は
れんげやきんぽうげの花の上を
出来たての風のようにたのしげにいくだろう
つめたい朝の空気に
とおいとおい見えない空のふかさが
その上に燃えているだろう

矢のゆくえを見守る人のように私は
もう何も見えないものを聴き知ろうとして
いつまでもうすあおい枝々のかげに
前掛で手をふきながら
たたずみみつめているのだ

川水の渦巻の中には

川水の渦巻の中には一たらしのコバルト
洗われた沙《すな》に何鳥かの脚跡
野茨の枝のぐるぐるに
あおい炎が燃えだす時
私はいつもふたたび若い鏡をとりだそう
行きすぎては戻り迷い
何もかも次第にちびてけば立ち
けれどもそののちに
私はいつか私の枢に
こうしたものを盛ろうと思う
何もなく
ただ私を慰め息づけたわずかなものの思い出だけを
うるわしく盛ろうと思う

まだ花咲かぬ野茨のぐるぐるを
私の冠を

手紙

遠い都の友よ
私のあけくれを語りましょう
相見ることない私らの　残り少ない生のため
この手紙は堪えがたく振るハンケチなのです

人々にまじって私は今日
檜苗を植えにいきました
私を誰と識らない人々の中にまじって山へ行く事は
仮面がとれていくように不思議な快さです
だんだん自然にまぎれていって
何もかも忘れていくのを
貴方はそんなに遠くから

『永瀬清子詩集』(昭森社)

不安げにさびしげにみつめていらっしゃる

でも県境の日本原の氷雪の中に育って
片面は寒気のため紫金色に焼け
片面は白緑《びゃくろく》の粉を一刷毛はいた檜の苗を
束ねて鍬にくくりつけ
しなしなとそれが背中でゆれる時に
かすかなエーテルの匂いをはなつ
ただそのエーテルの少しを貴方にもおわかちしたいと思うのです

三月の朝のしめりの中には
沢山の小さな炎が燃えています
云い解きがたい未知の可能が
その苗から揮発します
ああ稚いということは何と心をときめかすのでしょう

赤松の枝が陽の光を濾している中を
しずかにはやい縞馬の一隊のように
私らは山路をのぼっていきました
鶯やひよどりの声がしぶきのようにふりそそぎ
大きな岩を迂回したり　渓流を跳び越えたり
透明な蜘蛛の巣のようにどこかキラキラ光る早春の空気の中を
奥へ奥へとすすんでいき
昨日のうちにすっかり焼きはらっておいた
一個の禿山へ到着しました
それは立てかけられた巨大な画布《キャンバス》でした
私らはその急な斜面にとりつき
お互に大声で呼びあったり指図したり
焼け残った笹の根を更に唐鍬で掘りおこしながら
四千二百本の苗を植えたのです
営々と植えすすんで登った時
陽は禿山の中腹にかがやいていて

まるで白金の鞠のように燃えていました
私らは自然の営みそのものに属してしまい
見えぬ目的に汗を流し
誰のための行為であるかをすこしも疑わないのでした
人々にまじってその仕事に溶けこむ時
私は自分の手に何かが加わるのを知りました
私は自分が苗であることを知りました
私は自分の中に何か育とうとすることを知りました

山の上まで植え終ると土を払って
めいめい大画布《キャンバス》の壁面を傾斜しすべって降りました
下からみると新らしい生毛《うぶげ》のようなものが
山肌一面にかすかにそよいでいました
これが見事な骨格ある山林になるのは
何十年何百年のあとでしょうか
その時は私と云う痛みやすいものは消えてなくなり

そしておそらく今貴方が忘れず覚えていて下さる
私の詩さえ消えてなくなり
ただ季節や風や雨や陽の中で
しっかり根をおろしたものだけが
葉末の露を霧の中にふりまくでしょう

もはや私のいないその時に
山のゆたかな髪のように
かきみだされ又しずまる想いのように
又やさしく波紋をひろげるさざなみのように
その樹々の枝はさやぎ又きらめきましょう

自然の営みに参加したことで
私の心はいまひどくふるえています
然しそれはやがて消える命への感傷ではないのです
それは自然にこのかぼそい手を貸し　私のこの生を記念したのですから

やがての日のため何ものか(それは多分ささやかな風景とささやかな生活を)約束したのです
私の命や意識よりもっと遠くはるかなもののため
名も署《しる》さず自然の奥へ贈物しておいたのです

命のことをこのように手軽く告げることは
貴方は心足らぬと思うでしょう
でも私は今日のことを
まちがいなく貴方にお手紙しました
そしてお互いの命を染める何かを
ああおと匂うてりかえしをもとめて
二人の間に挿しておくのです

熊山橋を渡る

——一九四八年一月十四日

あたらしい熊山橋は
茫と白く宙にうかんでいる
空は星にあふれているが
西の天末にはまだ猫眼石いろの光が
フットライトのように
かなたの半球のあかるみを投げあげている
そこに山々はくっきりとシルエットになり
稜線のみで何かを語ろうと波うっている。
そして空気には昼間のぬくみが
移り香のようにただようている。
私は不思議な花道を辿るように
今この橋をわたって村へかえる

久しく一人でいた私は
等しく詩に執着する人々に今日逢った。
年経てもなお惹き合うその魅力の
あやまたぬ引力にみちびかれて。
絃のように張りきって宙にうかんでいる橋よ
お前は私とみんなをつないでいるな
私ははずむ指のおののきをおさえてここにさしかかる。
あたらしく再び一人になるために。
そして私を更に新らしく充分にみたすために。

西空のいろはもうふかいプルシャンブルュー
そこに一きわ燃えたつように木星が輝き
その光ははるか河下の水面に映り
そこで再び炬火のように燃えたっている。
渡り終ろうとして東の方をふりかえれば
数知れぬ星のあふれ

「オリオン！」
私は心をこめてそう呼ぶ
この橋では星も仲間のように思える
星まぶれの熊山橋！

いま一九四八年に入ったばかり
鳴ろうとする楽器のような新らしい年よ
然しお前は何かよい魔力をそなえているな
その一ト触れで
忽ち私は去年逢わなかった人々にもう逢った。
戦争はやっといま過去となり
過ぎる年押し流されたこの橋も
今ふたたび渡ることが出来た。
お前は力のあるものらしいな
複雑なものらしいな
熊山橋をわたり終ってそれを信ずる。

わが詩を聴かずして眠りし人へ

わが詩の放送されし時
おさな子と共に眠りいし人は幸いなり
わが詩を聴き給わば
若き日の苦しみ思い出でて
ふかき悩みに心ゆすぶられ給わん故に。
おさなき人君を救いて
君が耳に危く蠟をこめし
そのよき眠りふかき眠り
君とともにあれ。
わがシレーヌの歌は
聴かれずしてはてなき海上にただあわれならむ

＊シレーヌ＝ギリシャ神話の海の妖女、その美しい声をきくとおぼれると云われ、漁夫たちはシレーヌがあらわれるといそいで耳に蠟をつめた。

私は地球

私は濁ってあたたかい土
私は一本の柔かい茎
みちべりのへびいちごの花冠にまで
私は吸いあげている私の生を——

私は一枚の泥田の水口を
もりあがって流れ入る水の乳房におどろく。
私は自分が
深い茄子紺色の大洋の底から
火と硫黄を噴きあげる熱い蒸気であることにおどろく。
私は血液の紅い流れが
人の形で地上を被うていることにおどろく。

『海は陸へと』

それは海流の干満とともにあふれ
遠くみえない引力によって月々ほとばしるのにおどろく。

あわれなその形は茸《きのこ》のようにこわれやすく
一人の愛、一人の生れつきは
ペンペン草のかげで雨やどりしているようなものであるのに
私はいつか一人の男の挫折の時に
ついに押しつつむ屍衣であることにおどろく。

私ははびこり　そして地《つち》と同じだ。
沢山の挫折と沢山の空費は
土の中の小さい蛆たちや人知れぬ崖ぶちにゆれる水仙たちと同じだ。
私は私が脈ある夕ぐれであることにおどろく。
私は私が稲の葉先に時をきめて昇る水玉であることにおどろく。

私は地球だ。
そこに生きていてそしてそのものと同じだ。

四十億年目に
私のネガ　私の異性
永遠のつめたい月に気づいた時
私ははじめて自分があたたかい泥であることにおどろく。

海は陸へと

海は陸へのがれようと
幾億年　毎秒奔ってくる。
私のすがたはそれと同じだ。
そして雪解の渦巻の中には
私のたてがみがある。

母は息子の中に自分を投げ
女は男の中に自分を蒔くように
いいえ、私は私でないもの
私に対立する他者の中に
こなごなの自分を撒きつづける。

はてしない不毛
氷の圭角《かど》を尖らしていても
いつかはそこも私の領土であると
ひばりのように宙空でさえずりやまぬ
それが私のかたちであろう。

土から盛りあがるヒヤシンスは
何もない凍《い》て土をみるまに濃紫にする。
つめたい世俗の椅子にすわって

私は私のまわりを朱《あか》らめ
そして春がするように
一息ごとに自分の命を奪回する。

たよるものなく倒れている時
そこへ水仙色の暁が来る。
私はそのほのあかるみをたぐりよせ
一日のかすかな手がかりとする。
石垣のつわぶきのように
霜にしなえていた私の髪はかろうじて
朝毎によみがえる。

私はいまや
苦しい世俗の中に
自分をやわらかくただよわせ
あの海の泡沫のように拡がっていくのだ。

あの藍色の深いたゆたいのうえに
たえまなくゆるく投げられる網として
藻のように、レースのように泛《うか》びながら
又、たちまちに陸へ駆けのぼる
それが私の仕事だから
何億年来の海の仕事だから――。

息子の結婚

人間と云う星くらいさびしい星はない。
それは息子の結婚と云うことがあるからです。
みえない空間のみぞれの中で
或る日突然大きな網目に捕われ
羽をもがれるのです。

でこぼこの横顔でまわっている時
地球は沢山の葩《はなびら》や枯葉や雲垢《ふけ》をおとす。
そのはげしい無情は
いつもは自然のおおどかな性格としてかくされている。

けれど愛の葉かざりにかざられた
あの晴れの日
それまでは自分の目的のように願われて
たのしい光の椅子に思われて
華々しい最後の討入りとも気負われて
そしてその日がくるまでは意味に気づかず
成就は完全な脱落です。

いなづまの早さで
かくされていたことは顕《あら》われる

人間はおまえの自由な意志で生きるのではない、と――
人間は長い長い鎖でつながれ
おまえは鎖の一つのこぶにすぎない、と――
神の斧のように
高く弔旗が示される。
おおあのおごそかな若い誓《ちかい》の言葉の瞬間に。

ほかのいきものたちは
毎年のように経験し
四季の移りのようにその事を知っている。

二十年も三十年もかかって人間は
はじめてその事に突如つまずく
雪路に見えない崖。
人間ほどそのクレパスを忘れているものがあろうか。
人間ほど壷のありたけを息子に注ぐものがあろうか。

敵にうばわれるのでなく
息子の心は自分には及びもつかぬ若さに捕らわれ美しさに奪われる。

水かがみにうつすように
自分の孤独がありありとみえる時
従順とあきらめがまだ私にはのりうつらず
ほかのよろこびがまだ見えて来ない。

ああ汽車が必ず山のかなたから曲ってくると知っていても
それはどんな瞬間かどうしても前もって判らないそのように——。

捕え得ず

初冬　新しい霜はきらびやかに
大地の冷える時わが魂も冷える
あけがたに佳い句を得たのに
目ざめると共に消え去っていた

私が悲しむ心を何の故とも捕え得ず
ただ子等と共にあったかの日々の事のみ思いうかぶ
その時　私は
髪ふりみだし穀物の穂毛にまみれて
そのたのしさを満喫せずにいたが
子等の声は嬉々として私をめぐり
稲刈り　籾摺り　唐箕の埃

『続　永瀬清子詩集』(思潮社)

太陽はあたたかに旋回し
穀物のつくる靄の中でみどりだった

汗と光が私をみたし
それなのにふしぎにも　私は
我がすこやかさや若さを思いもしなかった
畔にはコマツナギや菫の花が点綴し
川水には三角形のミズオオバコの花が
夕ぐれまで　波のまにまにやさしかった

遠く去った日々を思い私はようやく知る
捕えんとして捕えがたい幸せを
書かんとして書きつくせぬ悲しみを

大地の冷える時わが四肢も冷える
我は小さい昆虫だから

小さい翅　小さい足さき
それらをちぢめ
やがて青石のかげにかがまる時
すべての詩を書き終るのであろう　と――

プラタナス

ある日歩道をあるいていると
冬の陽があかるくさしていて
プラタナスの幹はグレーと青磁色とベージュの三色でできていた
物はすべて色でできているのだな
と私は考えた
そして私は何色だろう?
グレーが主ならば他の二色の斑点があるのだし

ベージュが主ならば他の二色の……
いいえそんなことはおかしいんだ
今は染めたり塗ったりしたものばかり見ているので
そんなへんな風に考えるんだ
私もプラタナスもきっと
グレーでも青磁色でもベージュでもあるだろう
昔、グレーだのベージュだのという言葉のなかった時からずっと——

昔　私の右手をとった人は私のことを
感傷的でやさしい娘よとなつかしんだ
でも左手をとった人は
野性的で情のすぐい所がいいといつくしんだ
二人の人に手をとられ、私はとまどい迷った
そしてとうとう誰をも裏切るまいと考えた
私は私自身でありたいと——

昔々　陽のさしていた午後
プラタナスの幹で私はあったのに
私は二人から正反対に見られる事を恥じた
私は無意識に彼らの性質に媚びているにちがいないと――
私は自分の色をみつけよう
そしてとうとう二人の手をふりはなし
ひとりぽっちで歩きだした
昔々　今日のとおりに陽のさしていた冬の日に――

三　月

昔　私の指をきれいだと執ってくれた
それはあたたかく春らしいやわらぎで
猫柳にさわるように美しいと

三月の川には光と波
その波があなたの口元にもきらめいていて
あかるく　まぶしいと云ってくれた

きっとその時　私が知っている以上に
あなたは私を感じとっていて下さったのでしょう
私が生きて来たヂグザグの途上で

とりどりのやさしい言葉やみつめが要《い》ったのに
私はそれを深くは信じず
何か確かなもっといいことがさきにあると一心に駆けぬけた

私自身がよじれているのも知らずに
私自身のさびしさにも気づかずに
それらをいつも自分のあとにふりすてた

いまあるのは私の骨　私の震え
夕ぐれが私のそばに降りてくる時はじめて気づく
私を支えていたものはあの早春の日のかげろうに如《し》かなかったのだと——

悲しみだけは

私を想っていないと云うかわりに
いつも彼は自分の作品の事ばかり書いてよこした
私はその作品に嫉妬しその苦しみによっていつも目ざめた

彼はよその娘と結婚し
その庭にありあまるれんぎょうと椿を植えた
こんどは私はその花々に嫉妬し悩んだ
年月はたち私は老いた

長い間にようやく心は落ちつきゆるやかに
今はと彼に一枚の絵を所望した

彼はそのことを激しく非難し
妻が病気で盲目になろうとしているのにと
怒りながら一枚の絵を送って来た

理不尽な怒りによって妻への愛をひけらかしたのか
私はその絵をやぶりすて
こんどこそこれで自分は静かになると安心した

秋の暮　彼の妻が死んだ
天女が去った悲しみを彼は書いて来た
青空にかぎりなくのぼっていった天女のことを

彼はなぜそれを私に書くのだろう

老いて妻を失った彼はいまひとりぽっち
かわいそうな人　やすらかにあれと私はつぶやいた
けれども私は夜にやはり夢をみた
そしてそれはふしぎにも二十歳の日の痛手のまま
目ざめた時やはり涙で芦のようにぬれていた

てんぷらを食べさせようと思えば

てんぷらを食べさせようと思えば菜種を蒔いた
ろうそくのような実を刈って乾し
古い道具で油を搾《しぼ》ってもらった
慣れない手で猫車を押して帰る時
収穫をすっかり谷川へこぼした事もあった
箒《ほうき》がちびれば箒草を植えた

ジャケツが切れれば綿羊を飼った
たどたどしかったか私のした事
すべての物がお金で買えるのに——
でも私はもっと肝心なものを探したのだ
その事に気づきもせずに肉刺《まめ》ばかり作って——

そうだ　こんどこそ薔薇を植えよう
その薔薇でアーチを作っておいたら
「お母さんの薔薇」と云ってながめてくれるだろう

やがて薔薇のたくさん咲く春に
お母さんがいつも心をくれたのだとわかってくれるだろう
その薔薇がきっと破れた塀をも被ってくれるだろう

月の燃え

向いの茂さんの家で村人たちと夫の争っている声が
だんだん高くきこえてくる
暗い私の家から思わず一足出ると
満身にまぶしい月の光をうけて
私は一人の妖精のように
つめたく燃えたちふるえている
家の前の池にも
かがやき合わす月の燃え
そのつめたい白金のライトをあびて
なおはげしくふるえつつ
足音もなく声の方へひかれていく
茂さんの家のかどに積んである材木に腰かけて
高まる声にきき入れば

ああ夫はあまりに周囲を顧慮しない
村人のしきたりを思わない
受け入れかねて人々は夫をせめる
みんなの激しい非難にじっと耐えて
また切り返していく夫の言葉
誰一人の支持もなく、自分の事さえ思わずに
ただ私がこの一隅に
彼に背いているけれど
それでも結論へいくまでにはあまりに理論にあせりすぎる

家の中は停電していて誰が誰とも判らない
ただはげしい声ばかり
夫のひたぶるな心もわかる
村の人たちの心配もわかる
彼らには暗黙の和合が最大の合理化なのだ
だから昔のままの秩序をよしと思うのだ

その単純な信念を切りくずして
正しいあり方を求めるあまり
他の被害にさらされていいのか?

ああもし　夫が義務に欠けるならば
私がどんな労働にてもつぐないましょう
もし感謝の心に欠けるならば
私が二倍におぎないましょう
あとから村へ来た私らが
みんなの歩調をみだすのは
思いあがったことですけれど
ただみんながよい生活にむかうため
ただあまりにせっかちすぎる
夫をおゆるし下さい
このままであればやがて古びてしまうのです
私は思わず走りでて

人々のシルエットにそう叫ぶ

その時月は燃え立って
私ばかりを
溶かすかと思うほどまっしろにおののかす

＊かど＝家の前庭。穀物を干したり作業場として使う。

あけがたにくる人よ

あけがたにくる人よ
てっぽっぽうの声のする方から
私の所へしずかにしずかにくる人よ
一生の山坂は蒼くたとえようもなくきびしく
私はいま老いてしまって
ほかの年よりと同じに
若かった日のことを千万遍恋うている

その時私は家出しようとして
小さなバスケット一つをさげて
足は宙にふるえていた
どこへいくとも自分でわからず

恋している自分の心だけがたよりで
若さ、それは苦しさだった

その時あなたが来てくれればよかったのに
その時あなたは来てくれなかった
どんなに待っているか
道べりの柳の木に云えばよかったのか
吹く風の小さな渦に頼めばよかったのか

あなたの耳はあまりに遠く
茜色の向うで汽車が汽笛をあげるように
通りすぎていってしまった

もう過ぎてしまった
いま来てもつぐなえぬ
一生は過ぎてしまったのに

あけがたにくる人よ
てててっぽっぽうの声のする方から
私の方へしずかにしずかにくる人よ
足音もなくて何しにくる人よ
涙流させにだけくる人よ

古い狐のうた

おおあのとき私はどんなに見えた？
風のすきとおったあの笹っ原で
遊ぶ小狐のようにもあどけなく見えた？
それとも光っているポプラのように
絶え間なく金の切口をばらまいていた？
私はだんだん変ったのですよ

いまの私は毛の切れた古い狐ですよ
世の中の霜をあびて
私はどんどん葉を落したのですよ
私はいま節の高い指で
がっしり握ろうとしている自分の命
荒波の中でもぎとられまいとしている私の心
まるで岩にとりついている海草のように
私は打ちゆさぶられているのですよ

でも私はじっと見ています
皺がレールのようにきざまれた額の底で
なおも見逃すまいと見ています
とどまるもののない世の中で
私だけが鮮らしい筈はなく
私だけがそのままの筈はない
握ろうとしていたのは岩ではなく

うつろなもの形ないもの　それはつれない時というもの
いまはもう「形ないもの」の小さな包をさげて
もうじき角を曲ります
老婆についてくるのは宿なしのやせ犬だけ

でも思うのです
あの時　私はあなたにどう見えた？
風のすき通ったあの夏の日に
私は笹っ原で遊んでいる小狐のようだった？
金の切口を持って光をばらまいている
もしかしたらあのポプラの木のようだった？
あなたにおききしたいのです
それだけが「形ないもの」のほんとの中味
　あの時の祈り　あの時ののぞみ
私のすべての値打の中味なのかもしれないのです

小さい水車のように

――老いたる人のうた

わてをおどろかす花の一枝を下され
わてのしぼんだ眼がぱっちり開くよな
うつくしい満開の花を下され
まんず何のとりえも無《の》うて
ただ遠い空の向うを夢みるばっかりで
山陰の小さい水車のように働いていたわてじゃ
自分が水をはねとばすばっかりで
わては蕾の一つも持つことはなかったのじゃ
いまはもうその水車のことさえ誰《たーれ》も忘れたわ
ほしかった自分の花自分の実は無うて
ただ苔にまぶれようる

じゃが風の中から聞えてくる
若い女《もん》のうれしげにわらう自由の声
おおせめて　わてを驚かす花の一枝を下され
せめてわてに　酒をふりかけるよに
その花をわての上からふりかけて下され

老いたるわが鬼女

私の洞《ほこら》に棲む老いたる鬼女は
冷い霜の朝に咳《しわぶき》ながら
朝日と苔のあいだにみえかくれする

わがグレンデルの母親よ
哭きながら王の城をおびやかし
その驕れる宴を蹴ちらし

その棟に高くかかげられていた
わが子の腕をとり返した――
又、手むかう武士たちの首を
藁束のように摑んであざ笑った――

野をひとり奔りゆくもの
雨雲のように髪をなびかすもの
百合はたおれ
あざみは血に濡れ――

あけがたの光の中に
ひとり自由、孤り輝く高貴《サブライム》
彼女の胸に一人の王者なく
彼女のほかに一片の掟もない
野の獣を食いその毛皮をまとい
心は暗く裂かれ　身をきざんでいたが

歯は北海に寄せる　波のように白く高笑った

いつの日からか　私の洞に棲んでいる老いたる鬼女
おお　それは彼女か
みやびなく華やかさなく、
磨《と》いでいるのはただ我執の牙、
銅色の髪はすでに枯色
眼《まなこ》のみ赤らみ皺に埋れんとして
なおまだ思っている若き日日の自由、
わが足はあの丘の上の樺の木のように立っているが
いまは跳躍して谷を越す由もない

満天の星の下、わが洞になおいささかの霜をさけて
昔のよき日の夢をあたためる

目ざむれば　しわぶきしつつ

わが老いたる鬼女は
薄き粥煮んと
苔のかなたに見えかくれする

黙っている人よ　藍色の靄よ

もう土の中に入ってしまった人よ
ひがな一日黙っていまは
しめっぽい所にじっとしている人よ

詩を書く私はいつも自分一人になり切ろうとして
ほかのことは何も考えられなかったから
あなたはきっと　とても淋しかったわ
あなたは私を乱すまいと離れて私をみていた

それがあなたの藍色の愛だったのに
私はそれをまるで思いもしなかった

私は今はもう本当のひとりになったのだから
私はいつでも自由にははばたけるのに
なぜかふしぎにあなたがすぐそばにいるみたい

あなたここにほんとにいて下さいと
云えばひとりでに涙が流れるわ
生きている時　云えもしなかったその言葉

悪い妻　心なしの私は
できるだけあなたに尽したいとは思っても
つい遠い夢の方へ心がいったわ

でも世の中の男の人は

どんなに大きな岩みたいな仕事を彫りあげても
そのため妻に不在を詫びようとは思わないのに

私はただ柔かな身近な泥をこねていただけなのに
なぜこうも可愛想でたまらないの
あなたの方ばかりに私が向いていなかったことが――

つまらない女　くず女
あなたは土の中で
たとえ　いいんだよと云ったとしても

枕元によみさしの本をがらくたのように積んで
夜中に眼ざめてその一冊をとりあげる
それが時々地くずれするわ蝶がとびたつふうに

私を生かそうと願っていたわ

すこし離れていまも見ているのね
いいえ死んだのだからもっと近くにいるよと云いたいのね

世の中に適しないで誰の群にも交わらず
あなたは山椒魚のようにたった一人いたのね
岩かげでただ私だけをみつめていた人よ　藍色の靄よ

お茶の水

お茶の水のひじり橋のたもとで待っていると
その人はやがて街路樹のかげを走って来られた。
まるでコリーみたいに。
「あわててお茶の水橋の方へ出てしまった
のです。おそくなってしまって——」
とその人は云い汗をふかれた。

「それに財布も忘れて来たのです。
お金を借りにいきますからちょっと付合って下さい。」
いっしょに白水社の方へいき
お金を借りて来られるまで私は街角で又待った。

兵隊靴のような大きな靴で
若者のような大股で金借りに行かれた――
街角の私はそう思って湧き水のように笑いがこぼれ出た。

戦争はやっとすみ
東京はまだ荒野だった年
東西にさまたげられていた私たちはこうして
はじめて出逢ったのだ。
お金ができ、落ついて私たちは名代のおそばを食べた。

なつかしい人、いまはなく

ひじり橋の夕日の中に立っているのは私一人。
影が橋のらんかんに落ちている。
川水ゆき年月は流れ
いまもジャックのような若者たちは足早に行く。
私はここに一人いるのに
老いたる者に誰も気づかず、川水と同じくただ流れゆき日は暮れる。
なべてのものまばたきの間に過ぎゆくか
ただ目にみえぬ明日をのみを求め求めて

昔話

そんなに遠い昔のことではなく
たった百年足らず前のこと
おたばこ盆に髪を結った女の子がいて
ナズナやタンポポの咲いている田舎道を

新しくできた学校へ
新家《しんや》の兄ちゃんのあとから　小犬のようについていった。
兄ちゃんは女の子の手をひいてくれ
教室ではとなりの席へ座らせた
女の子はちょこなんと腰かけて
兄ちゃんの顔を見、先生の顔を見、
そして兄ちゃんと同じに字も書いた
毎日兄ちゃんについて行ったので
幼いながら入学を認められ
そしておしまいに卒業証書も貰ったのだ

　その時明治はまだ二十年代
　国会も教育勅語もできたばかり
　日清・日露もまだはじまらず

女の子はやがて娘になり　私の母になった

兄ちゃんも　私の父になった
筒井筒と申しましょうか
つまりはやがて結ばれて私が生れたのです
長くかかってけれどしずかに
蝶が羽化するように私が生れたのです

明治はまだ四十年代のこと
小さな紅いリボンをむすんで
私は幼稚園へも通ったのです

でもあの春の日の田圃道から
長くつづいたその道行きのこと
母は私に秘めてついに語らなかった
年頃の娘に話すにはあまりにたのしすぎたのか
話すことがむつかしすぎたのか

その頃はたのしい事はみな厳禁
大正といっても内面は封建
　私はそこでぎっちり育てられました

ただ年へて母は孫にだけは話したので
彼が青年になった時、逆に私に伝えたのです
それは長い昭和の戦争もすみ
母もなくなってからのことです

幼い彼は病身だったので　戦争のあいだ
早くおばあちゃんのいる岡山へ疎開したのでした。
母がおばあちゃん子の彼に昔の思い出を語ったのは
戦後の心のゆるやかさからか　母の老いへの傾きか
自分をまるで昔話の中の人のように
ナズナもタンポポも絵本の中のもののように——

若い私は決して思いもしなかった
彼等ははじめから「親」であり
清潔だがカタブツの「親らしい」しろもの
いまやっとおたばこ盆が見えてきて
長い人間のあたたかい鎖を思うのです

おのずとみえて来たのは人間のいとしさ
昭和の戦争すんでやっと今は自由とやら
人間の顔ようやくみつめだせたのか母も私も

そんなに遠い昔の事ではなくそれは
ただ百年足らず前の小さな小さな小さなお話——

＊おたばこ盆＝幼い女の子の髪型。まわりを下げ髪とし中央でまるくまとめて紅い裂れをかける。

昔の家

ブルドオザーが来て
昔の私の家を一たまりもなくこわしたと
故郷の友だちが今日報せてくれた
遠い私の日々も　いまや力なくくずれて
焼けこげの笹っ葉のように宙空へ散ってしまった。
いつか冬の夜、物干台でみんなと
遠くの空をみかん色に焦がしている山火事を
あれはどこらへんだろうと話しあった
それから何日も焼けこげの葉っぱが空をたち迷い
うちの庭へも降って来たのだった

あの家では
父母もまだ若く　おさげの私たちが住んでいて

庭にはこごめ桜やすももの樹
つつじやあんずも咲いた
二階には天使の足音
壁には去年の秋
山奥の熊が持って来てくれた栗の袋
私が毎日如露で水をやっていた東の出窓に
チューリップの蕾は日毎にふくらんで
中にはふしぎな小さい親指姫が——

ある夏の夕方帰って来た電気技師の父親が
「おいファン・モートルを廻してくれ」と云った
私たち姉妹は
先週家へ来たばかりの扇風機の事と気づかずに
いぶかしく思いながら
縁側のハンモックを両はしを持って一心にふり廻した
父も母もやがて気づいて笑いだした

門のわきのさんご樹の匂いに群れていた蜂の羽音
いちじくの木に登っては食べた甘い実
庭の片隅を流れた小川の岸には
ゆきのしたの花が白い音符のようにさざめきあっていたこと——。

今日昔の友が報せてくれた
私を暖く包んでくれた昔の家　昔の時
ブルドオザーが来て
一たまりもなくこわしてしまったと
これからはただ　私の心の中にのみ残骸はふりつもるのだと——

弥生のもみじ

――ある人に

私が何十年も詩を書いているのは
ほんとはあなたに出あうためだった
おお白樺のようにすなおな人
あなたは私の詩をきいて
一度でそのフレーズを覚えて下さった
やさしい人　あなたは遠い遠い人なのに
一心に走り寄って下さった

そのよろこびに今日の一日の美しかったことを
そっくりお伝えいたしましょう

ものみな青い硝子のように光る二月の朝
わが家の近くにやがて大きな美術館が建つため

かねて地下ふかく掘られていた発掘現場を
私はひとり見にいったのです

土地はいくつにも区切られて
八ッの小さい墓をふくむ丘や
発掘物を入れたプレハブの小屋があり
弥生人が作った壺や祭器がありました

傍に美しい川も流れていて
弥生の人はそこに田をつくり稲も収穫したのです
そしていま立ち去ったばかりのように
壺にはたべかけのおかゆもこびりつき
石器や鹿の顎骨も残っていたし杵も砧も
おおそれから五本の絃のかけられる可憐な琴さえあったのです
そして今一つの佳《よ》いもの
ハガキ入れくらいのケースの水の中に

二千年前の
一枚のもみじの葉っぱがあり
そこには発掘された時のままの紅の色が
まだ夕焼のように残っていました

日あたりのいい丘に熊笹はしげり
鹿たちは石の矢尻を逃れようと
なだらかな背と足の線をはずませて
大波のように高くジャンプしていったのか
楓や樺の木々は秋ごとに色づき
そしてその一枚が今私の目の前に――
長い長い二千年はまたたく間に流れ去りました
それでも私はいまこの紅にしばし追いついた。
私の詩がどれ位の時に耐えるかは知らず

けれど今、年月にまさる出会いのある事を知る
今日は何と美しい日なのでしょう。
八ッの土壙墓《どこうぼ》に眠っていたのはどんな男女《ひとびと》かは知らず
琴ひきうたってその歌声は
たのしく野面にひびいたのだ
その時水辺の丘にこのもみじはちりかかったのだ

私のフレーズを記憶し
そして遠くから走り寄って下さった人
あなたが私の詩をよろしとめでて下さる時
「時」はそのスピードをしばし落し、
人間のいのちの佳《よ》さをうれしくも語るのです

私が何十年も詩を書いているのは
もみじの葉が時あって私に出あったように
しばしをあなたに出あう願いから。

風に散りかかったもみじの葉はやがて土に戻るとも
その琴歌はいまきこえず
八ッの土壙墓にただ一片の歯しか残ってはいなくとも——。

唇の釘

唇のわきには小さな釘がしかけてあるので
文楽の女形人形はそこへ袖口をひっかけて
いつもよよとばかりに泣きしづむ
雨にぬれた草葉のようにみもよもあらずべちゃべちゃに
本当の人間であればそうした釘はないから
自分の歯で
泣くまいとこらえて力一杯嚙みしめる

戦地から帰る筈の夫のため新しい布団を
四十数年　新しいままにしまっていたおばあさんもいた。
布団ばかりじゃなく袖も手拭も
泣き声出さぬためのかんぬきになるのです

自分の心を出し切れず
無理無体に大事な者をとられて
泣くな女よ
泣くな泣くな女よ

乳児の時の歯がほろりと欠け落ちるように
私らの唇のわきの釘は
もうなくなるがいいのだ

世の中にはたくさんの言葉が山とあるのに

どれ一つ自分の心につなげないということがあろうか
コンセントを探せ　そして理不尽な世の中へはっきり云え
私らは愛する者と共に生きたいのですと
もう泣かされたくはないのですと

自由が来たように
釘はいらぬようにみせかけて
やはり聞えてくるおどし文句
まだ涙はふききれぬのに
遠い親と異国の子とは探しあっているのに――

物云うための唇だ
唇は寒くあってはならない
噛みしめるためにありはしない
お主《しゅう》のために泣いたり
家や世間のためにしばられたり

いつもいつも唇のわきの釘が必要だった
花かんざしをふるわしたり
白い衿足をみせて泣いた
泣くに慣れるな日本の女

今はもうそれがすんだと云うならば
本当のよろこびは来たのか
理不尽はもう絶対にしないとでも云うのか？
私らの望みはもうすぐ実現するとでも云うのか？

古事記

日本の国のむかしむかし
雲はたちこめ
すべて混沌とまだおぼろなころ

「ああなんと美しい男だろう」
「ああなんと美しい女だろう」
二人の人間は相寄りお互いに呼びかわし
そこだけは明るく陽照り雨のようにきらめいた
お互いに世にもすなおでうるわしい出会いだったのに
女が発言しそして男が云う
その順序がちがうと呪われて
女は悩みのうちによみの国へ走り去った

蛆わき百足這うまっくらやみに
死と共に女は横たわり　のたうったが
そのうえその醜悪な姿を彼にのぞき見され
忽ち怒りと恥に髪さかだち
おさえ切れずに相争う二人

なぜ女だけが悩み焼けただれるのか、

なぜ悩む姿はきらわれるのか
お互いにうるわしかった元の姿を
なぜそのままにいたわり合い
苦しみをも分ちあえないのか

今も女は子生みで悩み　子連れで悩み
朝働き夜も働き　内も外も戦って
そして悩む姿は見せるなと云う

おぼろおぼろの昔は遠く
だのにつづく　つづく　いまになっても
沢山のイザナミはヨモツヒラサカを駆けのぼっていく
おおそして
沢山のイザナギが逃げまどっていく――

私が豆の煮方を

私が豆の煮方を工夫しこげつきにあわてているひまに
あなたは人間の不条理についてお考えです
私が小さい者たちのあすの運動着のことや
あかいピン止めも買ってやろうかと財布をのぞいて迷っている時
あなたは我々の共通の運命についてお思いなさり
あなたは磁石の接近で一時に整頓する鉄砂のように
すべての事が解決できるとお思いです
私が小さい乳母車を押して
道のでこぼこに行き悩むとき
あなたは力強い回転で雪をはねとばすラッセル車のように
いつも物事を解決される
私のみみっちいのは　女の生れつきか

腕の力がちがうのか　心の力もちがうのか
それでも私は自分のあり方でしか行けず
私は地面を刺繡するように一歩ずつしかすすめない。
きっとあなたは遠い遠いことをお考えなさり
でも私は自分の小さい針で
こころこめて刺すことしかできないのです。
それは不要のこと甲斐ないムダでしょうか
あなたを補ってはいないでしょうか

もしか三月、葡萄の木の根元をたがやし
よい土入れをしてやるように――
そして五月、みのりすぎた実をまびいて
一粒ずつを大事に大きくするように――
熟れゆく葡萄はそのことをいつも喜びはしないでしょうか

女の戦い

式がこれからという時
姑になるべきその人が私の前にぴたりとすわり
立札《たてふだ》みたいに四角に
言葉を選んで云ったのです
「あの子はこれまでいつも我ままに育てましたけぇ
あんたもこれからあの子の云う事は
ようても悪うても絶対さからわんで下さいよ」

おお何たること、今まで聞いたこともないその云い草
私の家では誰も彼もまず理性的《まとも》であったから
まちがった事を云う人には、たとえそれが父であろうと母は
「あなた、それはほんとはこうじゃあないでしょうか。」とちゃんと云った
父も「おお、それもそうだな」と考えてくれた

それが家庭というもののデグニティではないだろうか。
「ようても悪うても」さからえぬなんてありうることか。
私は天地がひっくり返ったように感じたが
この女《ひと》と結婚するのじゃなく、
だから、ここで喧嘩すべきじゃないと判断して
黙って笑っていたのだ。
でもむしろ茫然としていたとも云えよう。

あとで考えれば姑もその時は弱者
わが子をとられる必死の瀬戸際
今云わなければ生涯云えぬと心決めて云ったのか
それにしても大上段の大憲章《マグナカルタ》
私に対して大きな重石をずしりとのっけようとしたのだ

居流れた私方《わたしかた》の伯母や叔母たちも一斉に
「清子が何と答えるか」とキッときき耳をたてた

しかし私が一言も云わず笑っていたので
「さすが　よい度胸」と逆によい点をくれた。

よい事をよいと云うのは当然
無理な事を無理と云うのは相手を一人前と思うから。
彼は殿様じゃないぞ、私は腰元じゃないぞ
そうした思いが常に渦巻き
「私も私の希望をのべさせて貰いましょう」と
私は自分をはげました
私の越えた山坂
合わぬ歯車をかみ合わそうと
幾度衝突し喧嘩したかしれない
彼を矯正すること
それはその時私の一大事業だったのだ
彼はまじめ彼は純真、
それでも我ままに育ってすぐ起きる癇癖

彼はすぐ私を「馬鹿モン！」とどなり食卓をひっくり返す
この魂とつき合って
何と歩調を合せたらいいのか

ワイシャツを着せるのはいい
上衣を着せるのもいい。
真顔でネクタイをしめてくれと云われても私はとまどう。
自主的な家庭に育って来て
こびたりだましたりできない青竹みたいな私
もし私が私でなければこんなに苦労ではないのだろうか
私を変えるとしたらどう変える？
「やさしくあれ」
「にっこりして涼しい声で『ハイ』と云え」
と友だちは教えてくれた
わかっていても私には
長い長い難行だった

けれどやがて単身赴任の命が来た。
オールマイティの会社から。
彼はそんな事はできないと怒り狂い
会社をやめてやるとあばれた
手当り次第に投げとばし、重い重い碁盤も碁石も共に庭にむかって散乱した。
そして襖の骨もへし折れてしまった。
「そんなにいやなのならおやめなさるほかないわ」と
私は嘆息して云った、
五里霧中のこれからの生活に絶望しながら。
その時息子が父親に近づいていき　しずかに
「じゃあ僕が大学に行けなくなってもいいの?」
と云った。
あばれている夫の手がふっとゆるんだその時、息子は

「お父さんは今やめてはいけない。お父さんは僕たちの生活を守ってくれ
　なくてはいけないのだ」
ときっぱり云った
子に甘い彼は息子の言葉にくずおれいやいやながらも本社へむかったのだ。

息子がはじめて私のマグナカルタに抵抗してくれたのか。
けれどもそれと同時に私も亦《また》
夫が決して今まで思っていたような強者なのではないとはじめてさとった
　のだ。

旧制帝大をたやすく卒業して
人々は彼を肩で風切ると噂している
でもそれは大きな思いちがい、或は裏がえしの姿だったのだ
彼と一緒に本社へ出向き
独身寮の一室に彼を一人残して帰った時
彼をはじめてかわいそうでかわいそうでたまらなく思った

彼の魂はよるべなくいつも助けを求めている。
彼は波にゆられる藁すべのようにさびしく
たとえその表面はプライドで武装していても逆に幼児のように
いつも私を呼んでいたのだ。

姑の言葉はその時別の光線で浮びだした
性格？　病気？　おお決して治癒しない孤独
彼の母は母の心でそれをすでに知っていたのか――

一人都会にくらして、やがて彼はすこしは「世間」を知るであろう
仕事の成功、つき合い、阿諛
それでも彼の心は慣れないなぐさまない
私は彼のため祈るほかなく
彼の魂は決して治癒できないさびしさである
私が彼を矯正したいと思ったことは無意味であり
無限の暖かさ　それのみが彼を生かすのであろう

彼に味方し彼に助力できるのはただ私だけ　そして子供だけ
雛をつれている母鳥のように
彼の母は彼をわかっていたのだ
つまりは式の前にその助力を私に頼みたかったのだ
マグナカルタはこの時氷解し
彼はただ私の心を呼んでいる一人の孤独な男であった。

一生の私の大仕事は長く苦しく
それまで元日がくるたびに
今年こそよい私、やさしい心でありたいと祈り願っていたのに
それでも私は癒らなかった
それは心の底では彼を批判し彼こそ私よりさきに癒るべきだといつも思っ
　ていたから――。
この時からはじめて私は雪解けの中に立つことができたのだ。

いまや彼の母親と同じに私は
「常に彼の味方としての自分」をはじめて自覚した。
それこそ私の最大の仕事。
私が愛のことばに飢えるように
彼もそれが要るのだ、朝顔の蔓に支柱がいるように。
彼が朝顔であることを誰が癒せようか。
私の父母はひとりでに楽しい家庭が築けたのに
私は長い長い悩みののち、ようやくその理解へ辿りついた。

やがて五十五歳の停年が来て彼が私のもとへ帰って来た。
彼は二度とつとめはしないだろう
そして彼はようやく嫌いな人間関係の「社会」をのがれ、
今までの私の代りに慣れぬながらに百姓になってくれた。
物云わぬ相手は、泥にまみれて草を除り、薬を撒く彼に、おもむろに応え
　てくれ
労働による収穫はわずかながらも彼の手に。

彼に代って私はつとめはじめた。
私は資格なく学歴なく、それでも日々喜んでつとめた。
「社会」は私には自然の森と等しく　新しい興味があり発見がある。

おお世の中に難解な人よりむつかしいものがあろうか。
しかしいつしか彼は私にやさしく、そして歯車はやがて嚙み合いはじめた。
お互の魂はなごみ、それをお互いに受けとり又相手に返した。
私は彼の作物であり、彼は私の作物である。
お互いの小川ははじめから清くせせらいでいたのに
それでも人間は悩みすれちがい、思いすごしそして苦しみにがい水を飲む
おお私は何を見落していたのだろうか　何を悩んでいたのだろうか

彼が亡くなってから私の若い友が
「ご主人はとてもやさしい方でしたね」と云う
「あなたはあの人に会わなかった筈なのになぜわかるの？」と私はきいた。

「私が、あなたと一緒に出かけるためお誘いに伺った時、ご主人が『今日は冷えるからコートを着てゆけよ』と居間から大声で云われました

あなたは

『私はそんなに寒くはありません。それにすぐ車にのりますから』と云って靴をはかれました。

ご主人は

『風邪をひくよ、コートを着ていけよ』『おいコート、コート』『コート』とくり返し大声で呼んでいられました。私たちの車が出ていくまで。」

と云った。

おおそうだった

自分のこと以上に彼は心配してくれたのだ。

でも私はまるでそれをきっと何でもないつまらぬ事のように――。

いつも過剰の愛が彼を無器用にし

そのことが又私を愚かにした。

無器用ではあってもお互いに決して見失わなかったこと
山路はけわしかったのにすこしずつ魂は歩み寄ったこと
難問は次第にほぐれ
圭《かど》ある私も亦《また》いつしかやさしくありえたこと
最後に世にもおだやかな顔で彼が逝ったこと
これが私の半生の経歴だった
今は誰にもとりかえ得ないところの——

歓呼の波

昭和十二年七月十二日、夫はまず召集され
東京駅を出ていった。
見渡すかぎりの万歳と旗と歌声の波に送られ
ろくに別れをかわす事も汽車の窓に近よる事さえもできずに——
ただその波に押しまくられているうちに汽車は出ていった。
いざ帰途につこうとプラットホームを去ろうにも
つぎつぎに増してくる人の波。
押され押されて、やっと反対側の鈍行東海道線に乗り
品川駅でやっとよろめき降り
ホームの水をあえぎ飲んだ。
あの歓呼のことは忘られない。
旗をふり、軍歌を高唱し

まるで犠牲の羊をリボンや花輪で飾りはやすように
自分の番でなかった事を
人々はまず喜んでいたのではないのか?
あの歓呼　忘られない。

悲しいことは万歳でした
——老いたる人のレコード

私はその時のことを知っていますよ。
私はその時　そこにいたのです。
私は悲しみに泣いていました。
雨やどりの蝶が大樹に張りついているように——。
でも話だけしてもあなたがたを泣かせません
みな昔のことですから。
あなたがたは今聴いてもすぐ忘れてしまうでしょう。

でも私の中身にはその泣き声がしまってあります
私はその時まだ若く柔かく
歴史にも慣れていなかったのです
夫はタスキをかけ、それは「死んでも当然」のしるし。
みんな狂っていたので
悲しいことは「万歳」でした。
つらいことも「万歳」でした。
みんなが歌ってくれました
だから自分だけが泣くことのできない不気味な時代。
私はその時代のこと知っていますよ、
私はその時そこに居たのです。
私の中身にはその泣き声がしまってあります。
私は古びた一つのレコードなのですよ。
ゼンマイは固く巻いていますよ
時くればいまも叫ぶほどに――

有事

「一旦有事の時は、」と言う
その時が来たらと言うかけ声そのものが
もう「有事」なのだ。
戦争で恐ろしいのは
一時の気の迷いで長い後悔をあがなう事だ
むしろ死ぬ事よりもこわいその事。
偉い詩人にもたくさんの例があったのを
私はこの眼でみている。
つまりその眼は「後世」の眼なのだ。歴史の眼なのだ。

自分が信じる事以外には従うまい
そんな単純なきまりきった事でも

ちゃんと改めて自分にきめておかないと
きっとその時は、五寸釘をねぢ曲げるように
誰も彼も折り曲げられてしまう世の中になるのだ
おそろしい
そうだ
私はもう「有事」を語っている。

女《め》波《なみ》男《お》波《なみ》

i　夕ぐれ

男が夕ぐれを見るように　女も夕ぐれを見たかった
けれど長い間夕ぐれを見る女はいなかった。
女は夕飯のしたくにいそがしく手を拭き
あがりがまちを上り降りしていた。

やっと炊飯器や冷蔵庫や洗濯機が助けてくれて
女もはじめて詩を書きだした。
空気も象徴もはじめて女の手にさわるようになった。

ii ぐれなければ

女はぐれなければ詩は書けなかった＝「放浪記」
女は後家になってはじめて詩を書いた＝「笛吹き女」
女はあんぽんたんや
うっかりひょんでなければ詩は書けなかった＝「私」

今はよくなった。
自由と平等の靴がそこにそろえられ
現代詩講座が街々にあり
まともな娘や妻君もみな行けるようになった。
スーパーへと同じように——。

iii　女波男波

女性が男女同権を主張するのは
今まで女性が不当に低く扱われていたからで
永久にそれを目標にし云い立てるわけではない
つまり「女性も一票持つべきだ」と言う事は
一票持つまでの正義であり
一票獲てからはそれが消え去る。
そして男女の別なくどのようによく行使するかが共通の問題になるのだ。
だから男はそう心配しなくてもいい。
海には勿論女波男波があり
高さと低さはいつもまじっている
高さだけの波がある筈はない。

iv　対等について

まだ対等じゃないと言うことで女性は主張する。
コペンハーゲンで家庭で。
やっと主張できる地平にまでのし出て来たのだ
老人対若者、成人対子供も、
勿論人間として同権なのに
かわいそうな彼等はまだその事について争えない。
いま子供が反逆しているのは
それをまだ言いかねている焦燥なのだ
そして仕方なしに屋上から飛び降りたりする。
老人ときたら目下到底言えそうもない。

v　対等の原理

対等の原理。それは仕事の分量できまるのでもなく、
まして権力だとかサラリーの上できまるのでもなく
お互いの能力の限りにおいて
ふるまい尽くすことにある。
つまり対等の原理は
ただ相互に必要者であり、最も値打ある仲間である事なのだから。
それ故、授乳している母親と赤ん坊に於いて
どっちがより多く相手に尽しているか言える筈はない。
つまり「同権」とか、「対等」などが消えてしまう所にその主旨があることがわかる。

vi　お金を貸借すれば

お金を貸借すれば義務と取り立てが生じ、ついその友情を失う。
同じく肉体の関係が結ばれた時、
二人は男性対女性になり、ついそのほのかな理解が消える。
すべて最初の意図とは変形しちがう。
坂の登り口と降り口のようにちがう。
つまり登り口を一生懸命登ってみれば　そこは降り口だったのだ。

vii　金の世

女波男波と言ったりお夏清十郎と言ったりするとき
いつも女の方をさきに言う。
それは女尊男卑のあらわれだと言えば思い過ぎだし
男女同権のあらわれだと言ってもおかしい。
女がかよわくてとくな事もいくらかあり
停年の期限が男女同じでない事を
なぜ女がそう怒るのかもほんとははっきりしない。

つまり男性が、
「女はいいなあ。俺たちは六十歳までも働かなくちゃ停年が来ないんだ」と
不平を言う事も考えられる。
仮に金の事を別にして考えればきっとそうなる。
誰しもしばられたくはないのだ。
だから今は、すべて金によって考えているのだという事がはっきりわかる。

viii　これぞ男の歴史

男は一生懸命　山で狩りする
男は一生懸命　海で網打つ
男は一生懸命　隣国と戦う
男は一生懸命　女の羽衣をかくす
男は一生懸命　女の翼をもぎとる
そして言う。

「さあこれが唯一の安全の道だ」

これぞ男の長い長い歴史。

星と扁桃腺
――わが詩のはじめ

私が今まで詩を書いてきた最初のわけ
それは星と扁桃腺のせいなの
私が英和幼稚園に通っていた子供の時
先生は創世記の話をしようと
太陽と月と星の絵を黒板に描かせたのです
はじめに指された子は太陽の絵
次の子は月の絵
私は星を描いたのだった。
星なんて一番書きにくく

金平糖のように後光のように
私は星の光を描いたのです
先生は笑って
「星の角《かど》は五つでいいのよ」と言って直してくれた。
私は真赤になってうつむいた。
これらの発光体を
はじめて創って空にばらまくなんて
おそろしくすごいと驚いたが
それでも先生の直したものより
私の絵の方がもっと本当なのにと言いたかったのだ

又、私は扁桃腺をよく腫らしたので
一日休んであくる日行くと
新任の先生は私がきのう休んでいた事を忘れていて
工作品のやり方が教えた通りでないと言う
私は判らなくて又まちがえた。

とうとう叱られ私は泣き
泣きやめないので廊下に立たされた。
なおもひどく大声で泣くので
去年受け持ちだった隣りの組の内藤先生が
清ちゃんはいつも泣いた事がなかったのにね、とあわれんで
抱きあげ自分の組と一緒にお遊戯室へつれていってくれた。
そして泣きじゃくる私を
膝にのせたままオルガンを弾いた
私はとうとうそこで泣き寝入りしてしまったのです
（なつかしい内藤先生、たっぷりして温い内藤先生
手にえくぼのあった内藤先生）

なぜこうも覚えているのか、あのつらさ
大人がきめてかかって有無を言わさぬこと
しつこいなあ、八十年も昔のことなのに――
でも自分の言いたいことをちゃんと言えず

その恥と怒りで泣いていたのだ　五歳の私。
自分の事は自分で言える人になろう
それが詩を書きだすもとの心だったのだ
幼かりし日にそれが私の運をきめた。

中原中也も通っていたあの幼稚園
カナダ人の園長先生のため
小使いのお磯さん夫婦が乳牛を一頭飼っていて
それがモーオと裏の畑で鳴いていたあの春の日の幼稚園
それはまだ明治末年の事でした。
それからいまだに続く私の道――。

短章*ほか

*《研究ノート》「二　詩・短章・散文——形式の書き分け」(本書三五五ページ)参照。

『諸国の天女』

女性の価値標準

口かずの少ないこと
衣食住を快適にすること
徹底的に自己犠牲をなしうること
綺麗なこと
快活であること、適度に享楽的であること。
理性的に男性を理解したりされたりするよりも、感覚的に喜ばすことで
女性の価値標準がきまる。
自分の桿を持つこと
自分の認識に忠実なこと
等々は悪徳である。
こう書いてあまりにすなおでない自分に嫌悪を感じる、しかしこれらの
悟りのうらに千万の慟哭《どうこく》がある。そしてその慟哭する女をも男性は単に

「鑑賞」するであろう。

ほしいもの

小さな絨氈《じゅうたん》がほしい。どんな場合にも私が悠々と拡げて坐れるような。私自身の空気がすぐそこへ呼ばれるような。

机がほしい。今何の上で私は詩をかく。チャブ台の上で、茶箪笥の上でかく。

窓がほしい。私のペンと私の身を柔かに照らすような光のくる。

もっと私が忙しかった時、私はただほしいと思った。それの三昧境《さんまいきょう》に入れるほど他のことに煩わされずに洗濯する時間があったらと。

私は洗濯する時には洗濯の三昧境に入りたかったし、ミシンをかける時にはその製作の三昧境に入りたかった。

しかしそれくらい僅《わずか》の望みさえなかなかきかれなかった。仕事の途中にも食事の途中にもたえず立ったり坐ったり子供や夫の用があった。まして書きかけては何度ペンを擱《お》くかしれなかった。

何かが非常にまちがっている。私は荒野でたがやしている。

しかし沃土はどこにあるのか。三昧に入りたいと云うような願いは大きな贅沢なのか。

私の何がまちがっていたのか。又まちがっていたのは私ではないのか。

ただ我ままな私が今ほしいと思っているのはこれだ。どんな場所にも私が悠々と拡げて坐れるような小さな古びた絨氈が。

あたらしいと云うこと

あたらしいと云うことは
それも一つの値打である。
が、人が思うほどやさしいことではない。
すぐふるくなるようなあたらしさはなまぐさい。
そんなあたらしさはよい作品の理想にならない。

あたらしいと云うことは
読者の予想のとても不可能なくらいのものが、
その詩のなかにつまっていることだ。
雨が霽《は》れて樹木がキラキラと金の葉うらをみせるように。

貴女の詩は難解だと云われた

解りやすいと云うことは最大の徳ではない。
単純が詩である場合も、複雑が必然のこともある。
正確であることの方がまだしも、より大切である。
私の感じたことがいかに動かしがたく必然的に表現されているかの前には、
解りやすくと云うことはむしろ高慢な考え方である。
大衆を甘やかしまた甘くみる考え方である。
正確に我が感じを伝える表現。それ以外により解りやすいと云うことは
あり得ない。

難解が悪徳なのはむしろ私の心象や感情を率直に表現せず故意にゆがみとケレンをくわだてる場合である。何かの迷信のもとに。また複雑へのみせかけがある場合である。

もしも私の詩が、そのケレンや見せかけに見えたら、何と弁解することも出来ない。

私はただ信じているのだから。

詩の人相は私を少しもいつわっていないであろうと。

他の人が又そうきいた

「僕がかかなかったら誰がかく」これはパリュウドに於けるジイドの言葉である。

「女の私がかかなかったら誰がかきましょう？」と私も云っていいでしょう。

（わが詩は……）

わが詩は理論に武装されてはじめて心安らかであろうか？
詩は先ず身を挺してゆく。
しぶきのあがる所に詩は生れる。

詩の一行

私は詩の抒情に就いて語ったがそれは感傷に就いてではなかった。
私は新自由詩に就いて書いたが、それが形式論ではなかった。
私は詩の長さに就いて語ったが、それは行数に就いてではなかった。
私は詩のボリュームに就いて語ったが、それは言葉の多さではなかった。
私は詩の美しさに就いて語ったが、それは修飾に就いてではなかった。
私は詩の批評性を説いたが、それは論理的と云うことではなかった。

私は最も素朴な形式の中に、最もあふれるものを汲めることを知る。
構成と形列に就いては最も自然に則ったもので足る。
しかし素朴と自然とだけがよい詩を作りはしない。
空疏にして流れたる一行は重厚の全歩調をやぶる。

よき詩は一行の裡に山河あり
よき詩の一行は全貌の目鼻である。
おのおの生動し、しかもそれはただ一個の表情をつくる。
それは全列に関係なく奔《はし》り去ることはない。
同じくふるい自由詩の形をしても新声は自からその響《ひびき》をもつ。
同じ抒情と云えど巷の姦《かしま》しい感傷と等しからんや。
真実はすでに抒情なり。
ボリュームとは何ぞ。心理の豊富に他ならない。私は貪ランな食慾を持つ故に。
詩の長きを好むが綿々の四行の詩はすでに長い。
一行ごとに花のごとき形容詞ありて、さてその花々の死にたるは如何。

早く窓をひらいてその花々を捨てんに若《し》かない。

あらかじめ作れる法則をもって詩を測定すべからず、その法則を刻々に更《か》えゆくものこそ詩なれば。詩こそすべてに先行す。

ああ詩の一行こそ万象に先だつ。

女らしさ

ある作品にむかって女らしくあれと注文するのはしばしば無駄であり無理である。それは作家の質に依っていて、あとからの付与には依らない種類のものに思えるから。

けれどもすぐれた作品は個性として生きている。生きている故に性別をもっている。

純な素人に就いて

私らは詩壇人だから詩がわかるのだろうか。私らは何もほかにさえぎられないから詩が解かるのでありたい。何にもさえぎられないと云うことはいわゆる詩壇人であることではなくて却《かえ》って、もっと純なる素人、素朴人であることである。世の俗人と詩の専門家は眼に梁をいれている点で五十歩百歩である。方法が私に大切であるわけはそれら純なる素朴人に私が詩を贈る方法だからである。

『女詩人の手帖』

だまして下さい

「だまして下さい言葉やさしく」と云う詩は、私の今までの詩の中で一番人に喜ばれた詩であった。朗読されたことも一番多い。

しかし一番最初にある綜合雑誌の乞いによってこれを送った時

「御作は甚だ結構で御座いますが、当方はなにぶん綜合雑誌で御座いますので、あまり女心のキビをうがったようなものは適しませんので、どうかその点お含みの上、かわりの御作をいただきたく存じます」

と書いて来たのだった。私は

「この詩は私の全力でかいたものですからこれで御気に入らなければ私自身が御気にいらぬも同じで御座います」と返事した。そして綜合雑誌綜合雑誌と高級ぶった云い分を嗤《わら》った。

高村光太郎氏がある時夫人のことを

「智恵子は画家でしたが、僕が彫刻家としての立場から、あまりに厳しくその絵を批評したのを本当に今から思うと可哀想なことをしたと思います。芸術家には賞讃と云うことが必要なのです。その事によって心をゆたかにされ、のびてゆけるのです」とおっしゃったことがあり深く心を打たれた。

「だまして下さい言葉やさしく」は結極そのことを云いたかったのだ。たとえ架空な言葉であろうとも、愛の賞讃ほど自信と力と叡智を生むものはないと云うことを云って、私の心の欠乏を訴えた詩であった。

この詩に涙をながしたと云って下すった方が二、三あったがそれらはすべて中年以上の方であった。あるいは中年をすぎれば、誰の心にもそうした願いがあるのではなかろうか。

売笑婦の言葉のようにしか解釈出来ない若い編集記者は気にかけないにしても、私が若さなどを大したことに思えないのもそのためだ。

『蝶のめいてい　短章集1』

朱《と》鷺《き》

詩の第一行を書きとめるのは朱鷺に餌づけをするようにむつかしい。ねらいかくれて、あの鳥の高貴なくちばしの近づくのを待っている。そしてその鳥が安堵して自然のままの餌と思いちがえてついばむまで、自分はいないいもののように茂みのかげにしずかにかくれていなければならない。自分は生活の中にまぎれて、詩のことなど考えてもいないかのように――。

自分はいつも夫や子供や家のことだけを思って、詩のことなどはすこしも考えていないかのように――。

世の中は孤独な男性と

世の中は孤独な男性と孤独な女性とから成っているが、もしそれがそうでなかったら少くともいい詩は半減しているだろう。そうすれば孤独の事情もやや慰められる。どんな悲しむべき事情にも一点のよい面はあると云うものである。

詩を書く以上は絶対の絶望はあり得ない。そうした無言の根拠が長く詩を書かすのである。

そしてすぐ幸福になれる人は詩を忘れる。またそれでよいのだ。詩が多すぎる必要はない。

ウーマン・リブ

ウーマン・リブが正しいのは、ウーマン・リブがみんなに嗤われて、姿が消えていくそのことによって、なのだ。泡が消えるようにその声はすぐ消えた、その事によって、なのだ。

ウーマン・リブは男性に到底気づかぬ悲しみを土台にしていることによって正しいのだ。

一千年も二千年も前から社会は男のものだった。たとえ今女が社会に進出しても、それですぐに事情が変わりはしない。

「男も解放されていないじゃないか」と男は云う。けれど、女はそれと同じではない。同じように不幸なら不幸ではない。

深く悲しむ心が私らを正当化する。

女が「思う」と云うことを始めた時から、女が自分を本当に生かしたいと思いはじめた時から、不幸がはじまる。男たちはそれをあからさまに云う女を嗤う。「幸福な」女たちは迷惑がる。

「云うな、思え」

これが解答だ。すべての奴隷時代、すべての暗黒時代、すべての抑圧時代と同じに、すべて沈黙の中に真実は溜まるのだから。

深く悲しむ心が私らを正当化する。その絶望的な心がほかならぬウーマン・リブを正しいものにする。

私たちは沈黙のダムを支える堰堤《えんてい》であろう。

自分のことばを

自分のことばをみつけることが一番大切なのだと、昔、詩の書きはじめに師は云われた。

そのことがどんなにむつかしいことかが、次第に理解される。

一つのことも苦しまないで自分の中にとり入れることはできない。また同じく吐きだすこともできない。

すべてのイカスことばが流行のままであるのは、詩のことばでありえないのは、その手つづきがなされていないからだ。

すべてのご挨拶が詩のことばでありえないのは人並が目標だからだ。

すべての教育のことばが同じく詩のことばでないのは、一段高い所から語られているからだ。

ことばはくだかれて常に寒中の輝く放水を受けていなければならない。ことばはくだかれて微塵になって、常に光の中に生まれかわらなければならない。

あの頃は

あの頃は詩も書き日記も書き手紙も書き、そして田植もした。田植の前に田の水を漏らさぬための畦塗《あぜぬ》りは男仕事なのに、蓑笠《みのかさ》をかぶって一人でやった。雨が降りだせばなおすこしも待てない。じょれんで力一杯土を練る時、水が多すぎまた少なすぎて男の三倍も時間がかかった。泥できれいに塗った畔《あぜ》には、田植のあとで豆を蒔いた。田植が終ってすぐ、まだ泥の乾かぬうち、疲れのすこしもとれないうち、二十センチおきに鋲をうつように棒でくぼみをつくり、そこへ大豆を三粒ずつ落し、その上から焼すくもをかけておく。

そのために畔を三べんは回らなければならなかった。日は暮れていつも私は烏のようなシルエットになった。

貰《もら》った豆種の中に三粒ほどの黒豆がまざっていた。それをだんだんふやして何年かの後にはお正月の黒豆に事かかないまでになった。

天ぷらを食べさせようと思えば菜種を蒔き、奈良漬を漬けようと瓜をつくった。

梅の木は自然に叢《くさむら》に生えたただ一本を育てて、やがてその木から五升《しょう》も実がとれるようになった。花はうるわしくそして梅漬や梅酒をつくった。

ああ私は不思議なことをした。

けれどもそれらは私にとってすこしも苦労なことではなく、なすべくして報いを得た。

考えれば詩、それよりもむつかしいことが世の中にあろうか。詩において私は何升の得をしたであろうか。どれくらいまわりの人々を喜ばせ得たろうか。まことにお正月の黒豆ほどにも、お握りの梅干ほどにも——。

ああそれを量《はか》ることはできない。

『流れる髪　短章集2』

八歳の

八歳の異国民の娘が世尊《せそん》に宝珠《ほうしゅ》をさしあげた。

「異国民のくせに」「女のくせに」「子供のくせに」「身のほど知らず」。人々からみてその事だけでも眼をそば立てることであった。

けれども世尊はためらいなく受けとりなされた。

「今、私が受けとったのは迅《は》やかったかどうか」と世尊がみんなにおききなされた。

「迅《と》し」とそれに驚いていた人々は一斉に答えた。それは彼らにとってめざましく大きな教えであった。

自分の投げた球が、そっくりキャッチされることの喜びが、この世の中で最も高度の喜びであることを私はしばしば思う。又それがどんなにむつかしいことであるかを。

私のことをすぐ受けとってくれる人。誰であればそのようにしてくれるであろうか。私はこの世の中でそれを求めている。そして又それだから私もどのくらいそうした人でありうるかと、この世の中でいつもそれを願っている。

そしてそれらの願いはすべてわが貧しさわが幼さに基づいている。

わずかの時間に

わずかの時間に

たとえば朝の支度ができた時ニュースがはじまり、そのニュースが終るまでに

私は紙と筆をもって夏の終りの花を写生に庭にしゃがむ。そしてデッサンが終った時、つとめに出かける。

つとめの帰路の横丁に夕ぐれの光がさして、みちばたの母と子の姿も欅《けやき》のしだれ枝も、

九月の逆光の中に二度とみられないくらい、美しい陰翳に隈どられてい

るのをみる。

　とどまれ。

と私は風景に云う。

けれど私は家に着いた時、夕食の仕度にかからなければならない。そのためにキャベツと茄子、小さな魚の干物、肉その他の品々を買って帰るところだ。

私が食事をつくる時、夫と子供は待ち遠しく待っている。

とどまれ、と風景に云った私には
その風景をとどめるすべが、ペンにも紙にもなくてただ私の心の中にだけある。

そのようにして私の四十年は過ぎた。

いまようやく朝の時間のつかのまを、明日ではもう遅い花の姿を紙と筆で捕えるのだ。

せまいせまい私の時間。

いまようやく小指の入るくらいすきまができた。

老いた私を、平安について、死について、何も考えないと嗤わないでおくれ。
いま自分になりかけたばかりの私を、
ただとり入れようと蒔きはじめたばかりの私を。

人間は

人間は、女は、権利だけで立っているはずはないから権利がみとめられないことをさまで苦にしなくてもいい。何をなすかが大切であり、男性が女性を内心たよりにしていればそれが一番いい。そして女性が男性をたよりにしていれば——。

愛

「私を愛している？」と女は、また男は、きく。

「僕のこと好き？」と幼い子供は母親に確める。

すべて相手における自分の位置づけが、映像が不可知である故に。

しかしどんなに確めてもその不可知に変りはない。だから「恋人」はまぼろしであり、影である。

「愛」を云うな。「ラブ」をうたうな。

私に「愛人」というものは一度もなかった。が、それでよいのだ。

愛する苦しみがあっただけだ。

嗅覚

何を信頼し、何を信頼しないか。

身についた嗅覚こそたより。

その時「個人」は屹立し、「詩人」は歩みはじめる。

だのに人々は自分をグループに加えること、つまり入会、入党、入学、入社、入組織、同盟することを最大の拠点と考えそして自分の嗅覚を失なう。

書かなければ

書かなければわからない、自分の言葉は。

それが書く値打があるかどうか。

書いてはじめて自分の背中に気がつき、蹠に気がつく。

自分という叢《くさむら》をはなれてはじめて、走り出たのが雉《きじ》であったか蛇であったか、その本当の姿が見える。

言　葉

私は言葉を垂直に考える。特に自分の言葉を。

あるものは水面に近くいて鷗《かもめ》たちについばまれる。

あるものは中くらいの水深に泳いで、漁夫の網に追われる。

そしてあるものは底にぴったりはりついている。深海にはトランシットの形の魚がいたり、雪のように降る生物もある。

どれが最も値打あるものかわからない。

けれど私の求めるのはシーラカンス。深い深い所で青銅の鱗の中の孤者。もし一尾でもみつかったらその意味は百万年の時間を物語るのだ。

女詩人の運命

手をのばすとそこにホッチキスがあり、別の引出しにはハガキ、マジックペン、鋏、糊、切手、名簿、その他すべてがまにあうようでありたい。男性にとってはいともたやすい望みにすぎない。女性であるからチャブ台で書き、子供机で、炬燵《こたつ》で書き、また畔《あぜ》の豆のかげで書いた。

必要な時はそれら全部が袋の中にあるように、まさかの時どこででも困らないように、身につけているヅダ袋は重く、それだけ疲れ、それだけ格好わるい。

女性が詩を書くのはなんと男性とちがうイカサなさ。けれどももしも母、妻である私がととのった書斎にいつも去っていたら、みんなどんなにかさびしいにちがいない。だから私には格好わるいことがよいことだ。チャブ台で書くのがよいことだ。

詩とは

詩というのは、「記憶に価する言葉の流れ」ではなかろうか。だから記憶に役立つため、すべての流れにくい煩瑣なごみごみをとりのけなくてはならぬ。

田植の前に、水路に垂れている草を刈りとり、水底に沈滞した泥をかき上げ、流れを通りよくするのと同じに。また背景を単色にして、展示する絵や彫刻や生花の印象をはっきりきわだたせるのと同じに。

そのような仕事は、何が価値あるかをつかむ仕事と結びついているので、だんだん自分の考えをはっきりさせていくことになる。

「三行目にまだ佳境に入らないような詩は駄目だ」とはきびしい師の言葉だったが、詩は自分にとっての大切なものを確認していく仕事であり、少くとも三行目に発見がなくてはならず、五行目に佳境に入っていなければならず(師よりやや私は点を甘く)そして最後に至って新らしい価値がみつかっていなかったらなんにもならぬ。

そしてそのときはじめて「記憶に価する言葉の流れ」でありうるのだ。

流れる髪

四月の新入学。女学生の私がはじめて使ったテキストは、キングスレーのギリシヤ神話。
最初の頁《ページ》に flowing golden hair という言葉があった。海風になびく髪、流れる髪、たくましい漁師デクテスの投げる網に見事に助けられて、ダーネとその子のペルセウスは海中から漂流の箱ごと救いあげられた。

その簡単な表現が異質の世界をのぞき見させ、若い心にまず西洋と日本の美の差をスリリングに感じさせた。

なぜなら日本では男はチックではないか、女はびんつけ油ではないか。丸まげ、束髪《そくはつ》、それらはすこしも動かないものだ。たとえ洋髪とよばれるものでも階段状に固定しているだけだ。

ああ美しいなあ、私らにはないなあ。そこにギリシヤのかなたの地平線を望み見た。そしてそれは大正十三年のことだった——。

それから五十年、戦後三十年も近い今になって、もうそんなことに驚く人はない。

氷上で旋回する娘だとか、モーツァルトを指揮する男だとか、街にあふれる女の子の肩に波うつ髪は生活の中で何の不思議でもなくなった。

それは心の自由と関係があり、圧力にとじこめられているうちはなびかないのだ。髪は人間の旗なのだ、鬣《たてがみ》なのだ。

そのことをまず思った第一頁の日。何もかもびんつけ油だったあの頃。詩を書く事はただその形もわからぬ「自由」のための自分の詩集の第一頁に書いたあの頃。*

そして今は誰もそんなことは思わなくなった。河がだんだん下流で濁《にご》り、底がみえなくなってくるように、木目が木の中に埋れてしまうように――。

*詩集『グレンデルの母親』の序文

腕なき鬼

テレビで歌舞伎の「綱館《つなやかた》」を見て老女茨木の美しさが眼にしみた。渡辺の綱は都の羅生門で切りおとした鬼の腕を、必ず鬼がとり返しにくると云う安倍晴明の忠告を容《い》れ、七日の間家の門を閉めて物忌みをしている。鬼は津の国の姥《おば》の姿に身を変《へん》じ、はたしてやってくる。人間とちがって鬼は七日のうちにとり返せば腕が元どおりにくっつくのだ。

痛みをこらえ、左手をかくした鬼は優美でしずかな老女茨木の姿となり綱の館へ訪ねてくる。

綱が門を開けないので茨木は綱の幼い日、自分が手塩にかけて育てたことを云い、老いた自分につれなくすることをなげきまた恨む。綱はそれにほだされてついに招じ入れ、酒をもてなし老女は舞う。けれどもたって鬼の腕がみたいとの所望にことわりかねて唐櫃《からびつ》をあけてみせた時、老女は次第次第に面色《めんしょく》変わりたちまち悪鬼となって、エレキのはためく中でわが切られた腕をつかんで綱と戦い、やがて逃れ去ってしまうのである。

はじめはなぜこの劇が私に美しいか自分にもわからなかった。一つには老いたる女性の枯れて美しい魅力が、老いたる私に好ましかったのだと思った。

次には自分がいつしか鬼の側に立っていることを思った。すべて劇は勝利者の側から書かれるのに、この劇では第一の勝利者綱の側ではなく、鬼の方に却って最後の勝利を与えている。そこにかくされたレジスタンスの快さがある。

綱は源頼光の家来の四天王の一人で禁門の守護としてかくれもない剛の者である。その彼を智能のすべてを傾けてだまし、「自分自身の腕」をうばい取ると云うのは鬼としてのせい一杯の正しい戦いと云うほかはない。そのことをこの劇は無意識に謳《うた》っている。

私はそのように考えている時偶然にも英国の古い英雄物語詩「ビヨウルフ」について思い出した。

この物語は私に関係の深いもので、私の最初の詩集『グレンデルの母親』の名はそこから出ている。

英雄ビヨウルフに退治される怪物グレンデルの物語を、私が読んだのはどのようにしてであったか、今になってははっきりしない。その古代英語の詩はまだ日本語訳がなかった。ただたどしく現代英語の文学史などで概要を知ったにすぎなかったろう。

だのに「グレンデルの母親は」と云う詩を書き、(それはごく短いものだったけれど)詩集の題にも採った。すべて偶然みたいにとりとめのないことのようにみえる。

けれども、私の心に若い頃から引きつづき流れていた蒼い川が、いまこの「綱館」をみたあと、突然自分に見えだした。

よく私はきかれた。「グレンデルと云うのは何者ですか」「どうして興味を持ったのですか」と。

征服者ビョウルフに征服された北方の怪物グレンデルは、彼の洞窟でその腕を切り落された。そしてグレンデルの母親はすすんでそれを取り返したのだ。ビョウルフは勝利者だから有名な英雄物語詩に書かれているが、怪物の母親には怪物の母親としての正当な理由があるはずではないか。むしろそれをこそ詩人は書くべきだと若い私は思ったのだ。

鬼には鬼の理由があり、インデアンはインデアンの理由がある。

私が無意識に茨木を自分の投影のように感じてテレビを見ていながら、「綱館」とビョウルフの物語の一致についてはまだ思わなかった。

あとになってその劇の印象について考えていた時、自分の中の流れに気づき、やがて、「腕なき鬼」こそ自分の詩の源流であると気がついた。

諸国の天女

絵を描きたがっていた私に五十年目に描く機会が来た。

それは見も知らぬ他の人がそそのかして詩画展を開け開けと云ったからだった。何を描いていいのか判らずに描いていると、不思議にもそれを求めていった人があり、それで私が昼間絵を描くことも、すこしは遠慮せずにできるようになった。

昔はアザラシであった女が、北海の島で、アザラシの毛皮を脱ぎ娘の姿で泳いでいた時、漁夫の若者に毛皮をかくされてアザラシに返れず彼の女房になった。

納屋で麦を入れたかいば桶の底にアザラシの毛皮をみつけたのは三人の子供ができてからだった。

それはスコットランドのかなたシェトランドでの民話。もちろんアザラシの毛皮をみつけた彼女はそのまま永遠の海へ帰っていってしまった。

沖縄でも夫は、子供が二人目までは天人女房が両脇に子供をかかえて昇天するおそれがあり、三人目になれば手にあまるから大丈夫と油断し、つい藁の下に羽衣があることを子供に云ってしまう。ところがそれでも天人女房は小さい二人の子供を抱きかかえて昇天してしまった。

私は五十年も待ったのだから、四人の子が大きくなったのだから、本当に昔の衣がみつかればよいが、本当にその時永遠の天に昇れたらいいが——。

土に近く

私のベッドに夜、蟻が来て私を刺した。
私のベッドに夜、百足《むかで》が来て私を刺した。
私のベッドは小さく、畳の上に敷かれ
むし暑い夏の夜は
ガラスをあけて寝るので
土にたいへん近いのだ。
私は闇の中を走っていき
眠っている朝顔の葉をちぎってきて
赤く腫れた所へこすりこむ。
私はそのようにしてこの長い年月の夏をすごしたのだ。
私の考えは主としてそんな所から来ているのだ。

ある詩論(一)

詩を書く時は出し惜しみせず中心から、最も肝心な点から書くべきだ。最初の行がすべての尺度になる。

まわりから説明して判らそうとすると詩はつまらなくなる。すべてはその親切程度に平板に散文化し、中心さえも「説明」の一部になる。

つまり詩の行には大切な独立力があるので、本心をつかまぬ行に最初の一行を任すべきではない。また次の行をも任すべきではない、また次の次の行も任すべきではない。

云いかえれば肝心な中心を捕えれば第一行が次行を、そしてまた次行が第三行を指し示し、また生んでくれる、とも云える。そしてそこにリズムが生れる。

つまらぬ所から説きはじめればついに中心に行き合わぬ。そして読者の心にもついに行きあわぬ。

ある詩論(二)

最初はかすかな予感である。

次第に揺すれリズムが生れる。

それは詩人の中にあるのだが、肝心なことは、読者の中にも生じると云うことである。

リズムの存在は受けとり方をスムーズにし、また、脳髄へのきざみこみをたしかにする。

しかし出来合いの、あり合せのリズムは、読者をより早く嫌悪させる。

リズムは詩人の産む内容に深く拠っており、一種の共鳴状態を読者に起こす時のみ、それは成功と云える。

いま現代詩においてはリズムのことは忘られている。

ある詩論(三)

詩人にとって時間は大切な要因である。

朝だけ花を咲かす朝顔と同じく、人間でも、よい時刻は二十四時間いつでもあるのではない。

花咲く時間を選び詩を書き、あとは肉体労働することだ。みんなのことを考えることだ。

そしてそのことでぐっすり眠りに陥ることだ。

これらのことは関連している。

物事をビビッドに受けとるために、人知れぬ最上の時間にのみ花を咲かせ。

花の咲く時間はごく短く、しかもあとの時間はただその背景になる。

詩についての三章

b　書けない

忙しい時、詩は書けない。
のんびりしている時、詩は書けない。
いそがしくてすこしそれを忘れ、心の自由な事が必要なのだ。
金持に、詩は書けない。
貧乏な時に、詩は書けない。
金持は自慢することが沢山あるから、貧乏なら目が遠くへいかないから。
貧乏でもすこし肝癪が的を射て、物のよく見えることが必要なのだ。

健康すぎては詩が書けない。
弱すぎては詩が書けない。
丈夫で弾みすぎてはペンが紙につかぬ、
弱くてもすこし痰が切れ、呼吸がしやすいことが必要なのだ。
だから天竺でお釈迦様は云っている。

よき詩はあることかたし。たとえば
大風の日に宇宙から垂れ下っている糸を
地上の針のめどに通すようなものであるぞよ、と——。

日に三度の砂嵐

電気炬燵を机としてその上で原稿を書く。そこはつまり食卓にもなるので、三度三度、食事のたびに書きさしの原稿や参考の本や、ペンやホッチキスは、砂漠の砂嵐がふき散らすようにその机から見えなくなる。そこで書く事はちょんぎられる。

砂漠の風め、砂漠の嵐め、と内心おこるが、しかし砂漠から砂嵐をなくすことなんてどだい無理なのだ。

ほかの部屋の机で書けば、足の不自由な夫をかまっていないことを形で示すわけになる。

つまり彼に必要なものをすぐ取ってやれず、お茶もいれてやれず、意識の外へ彼をほうり出したことになる。

日に三度の砂嵐。このほかに小嵐がいくつも降りかかるその中で、女の私は書いている。

わが母

母の若い日の写真を或る人はモジリアニが描いた人のようだ、といったことがある。細く感じやすくそれでも快活でよく笑ったし、また驚くほど強い面もあった。

母が嫁した時四十町歩あった田地も、戦後の農地改革で失ってしまったし、あれほど愛していた岡山市の家も、貸していた本家の人の失火で昭和二十二年に烏有《うゆう》に帰した。

でも失った財産については母は一度も愚痴を云ったことはない。

火災の報せが来た時、母は私の長男の春来をつれてお医者へいくため田舎の家の表へ一歩出たところであった。

「イエヤケタオユルシコフ、ショウ一」という電報を見て、しばらくじっとしていたが、私にその紙片をわたした。そして私は本当かどうか、まだ夢のさめぬ思いで迷っている時、母はやや低い声で「それじゃ、武田さんへいって来よう」と孫の手を引いて一キロほどさきのお医者へ歩いていった。戦災後、県の医師会長をしていた本家の当主が、岡山市の私たちの家を借りて開業したいと、たってたのみ、夫はまだ戦地から帰らず、子供たちの学校も戦災でやけたので私たちは田舎へ移り、慣れぬ三反ほどの百姓をはじめていた。

焼けた家は明治のはじめのがっしりした普請で、岩組のよい泉水もあったし、牡丹の何十株もある畑もあった。そしてそこで母は父を見送ったのだ。

田地はとられ、現金は凍結され、そして今このしらせ。老いた母は武田さんへ歩いていくときすべてを失った思いであったろう。が、その態度の見事な度胸と静かさ、私はおそろしいくらいに思った。

次の二十三年の初夏、彼女は脳溢血で倒れた。しかし看護の結果、秋口にはかなりよくなり、半身の不随も次第に治ったので愁眉をひらいた。そして彼女はすこしよくなると自分の身の健康も忘れて私を手伝おうとする。農繁期にかかりなおのことどうしても安静にできそうにないので大阪の妹にしばらく忙しい時期がすむまで母を見てもらうよう依頼した。子供のない妹はすぐに母をつれに来た。

待ちかねていた期限の十二月が来て、母は妹につれられて戻って来た。母は私を手伝えることを嬉々として喜んでいる様子。妹は、

「お正月をすませてから、と止めてもどうしても承知しなさらんのよ」

と云う。

雄々しかった母も病気以来やや子供らしくなり、姿は一層細くなった。そして私のために少しもやすまず、乾燥させてあったあぜ豆の束を槌で叩いてくれたり、穀物を入れるドンゴロスの袋のほころびを縫ってくれたりした。安静にしていて下さい、と私がいくら云っても耳に入らなかった。本当は母の力で叩いてもほんの僅《わず》かしか豆はとれないのに——。

それら最後の日々の母を思うと今も涙ぐまずにいられない。母の心は何とかして私に尽そうという心で一杯であり、その最後の力をふるっていたのだ。私のことをあわれみ、私のために、自分にふりかかっていた不運な

どすこしも云う必要はなかったのだ。

ようやく共同の籾摺《もみす》りもすみ、ほっとした十二日、母は自分の居間にしている離れの障子を張りかえようと云う。

「明日でしたら私も手伝えますから。」と私は云った。「そんなに急がないでも、お正月にはまだ間がありますから。」

しかし母は、「でも誰が来るとも知れないよ」と云う。

「誰も来やしませんよ。来たって黄ばんでいるだけで別に破れているわけでもないし、かまいませんよ。」と私は云った。

そこへ村の区長から組内へ伝言する用をとどけて来たので当番である私が伝達しなければならなかった。

籾摺りの後仕末もあるし、と、私がとまどっていると母が、私が行ってあげよう、という。

障子張りよりはゆるゆる歩いて行く仕事の方が楽だろうと思い、私は母に頼んだ。

父とはまたいとこの彼女は、幼い時代から私の生まれて三才になる頃まで、この村にいたので、近所にいろいろ古い知人があり、久々に訪ねたため、それぞれに話がはずんで長くかかった。

そして帰ってくるとこれから障子張りをするという。私はあきれて止めたが、とうとう夕刻までに障子を張り替えてしまった。

夜、私は疲れている母のため、幼い連平を寝かしてから布団を敷いてあげようと思っていたのに、そのちょっとのひまに母は自分の敷いた布団の上に倒れた。

春来の報せで離れへとんでいくと母はまだ気は確かで「武田さんを呼んでおくれ。夜道が暗いからお前、お向いの節さんに行って貰《もら》うようお頼み」と云った。

私は云われる通りにして、また母の所へとんでいくと母は「連平はもうやすんだかね」ときき、私が「ええ大丈夫です」と云った時、安心した彼女の意識がとぎれた。

母が「誰がくるとも知れないよ」と云ったのは自分の「死」のことだったのだ。近所じゅうに別れに廻った時もすべて死を予期していたのではないかと思う。それはあまりに思いすごしだと人々は思うだろう。ただ私にはどうしても忘れられないことがある。

六月に母が倒れた時、私は必死で彼女をはげまそうと、「しっかりして下さい、お母さん。今死んでもらっては困りますよ、端《は》境期《ざかいき》だから。

もっとお米もとれてからだったらお葬式もだせるけれど。」と云った。それは昭和二十三年の私の実情ではあった。けれど母が籾摺りの日に、その年の労働で米が幾つかの俵に仕上げられた日に、亡くなったことを思うと、その半年を母はどれくらい懸命に生きついで、そして力つきたのか、を思う。

自分の命はその時まで、と、ぼやけた意識のどこかで思い誓っていたのにちがいない。それもただうっかり云った私の願いのために。私はそのことに気がつかず、ましてどんなに心急いで自分の障子を張っていたのかも知らなかった——。

母が凋落の悲しみを一言も云わなかった態度にくらべ、私はあまりにも馬鹿な娘であったと悲しくてならない。

父の思い出(一)

私の母はいつもお化粧もせず地味な身なりだったので、子供の時から美しい人と思ったことはなかった。親類に派手な叔母さんがあり、母と同年とはとても見えないくらい若づくりだったので、父に
「Tのおばさんは随分若く見えますね」と云うと父は
「なあに、よく見ると随分しわがあるよ。だがうちの母さんだけは昔来た時とすこしも変らないね」
ときまじめな顔で云ったので、私と、そばにいた妹たちはしばしあっけにとられ、父の顔をながめた。
が、その時母はもう五十をすぎていて、どうみても昔と同じには見えないと思って三人姉妹はともどもに吹きだしてしまった。
このごろ古い物を片づけていると母の娘時代の写真が思いがけなく出て来たが、両びんを引つめぎみの桃われに結い、思いがけないくらい清楚で、なで肩が夢二の絵のようにやさしく見える。晩年の父の心に描かれていた

のも、このような母だったのかとはじめて驚かれた。

人の心の中で昔のイメージと今の現実は、刻々にとり変るのではなく、今の現実も昔の印象の投影であり、我々は四次元的に物をみている。現在の面でばかり物を見ている若い人には、その時間的な深度が想像できず、そこにくいちがいが起きる。

もしその写真を見なければ父がすこしぼけて来たのではないかと疑うこともできた、そして父を馬鹿にすることも——。

いまや長い間最初の印象を抱いていた父を思うと、人間そのものがいとしく思われてくる。

そしてこの思い出は、父が私にはおだやかではあっても真面目一方の堅物に思えていたはじめの頃の人間像から、急に身近くふしぎな魅力あるものに変って来たことでもあった。

写真のみつかったとき父はすでに(昭和十二年に)母より早く逝ってしまっており、生きているあいだはただの「温厚な紳士」であったのに——。

好き嫌い(一)

私が働いて疲れて帰ってくると夫はすぐに「おいお茶を入れてくれ」とか「風呂に火をつけてくれ」とか云う。ブラウスもぬがぬ間に——。

それはこちらの云いたいことなのに、とその不合理にいつも憤慨していた。そして一方では、怒る自分をケチだと卑しみ、解決に悩んだ。

友人の八重子に

「あなたならどうする?」とたずねると

「その男が好きならくたびれていてもすぐお茶入れてやるし、嫌いならしてやらない」

と何のためらうこともなく云う。

「ああそうか」と私は天の声をきいたように思った。でも私自身はげんに疲れていて、いやいややることに変りなく、そのようにできなかった。

つまりそれがいつも一人角力《ひとりずもう》だったのだ。

お茶をいれた時、相手が、「おいしかった。ご馳走さま」と云ってくれさえしたら……。すべてよかった。それがなぜうまくいかないのか。

私がたのしそうでなく、疲れを顔にだし、義務的にやる、そのことが原因なのか。私はそれでいつも苦しんでいた。

「だまして下さい、言葉やさしく」それは私の本当の声であり、自分のその詩をよむと涙が流れた。

それくらい悩むなら嫌いなのだろう。と云われれば、嫌いと云う理由が又わからない。女はいつも損だ、損だ、損だ。

手さぐり人生

まだ田舎でくらしていた時、夫に流しの近くに小さな棚を造ってもらった。

ところがビール箱をこわして夫の造った棚は、板の裏のザラザラの面が上向きになっていた。いくら素人だとはいえ、せっかく作るのにどうしてそれくらいの注意ができないものか、私は残念でたまらなかった。

娘にその不満を話すと、

「お母さんはそのことお父さんにいった？」ときく。

「もちろんよ」と私が云うと
「云わなければいいのに」と娘。

「なぜ？　だって気のつかないことを云ってあげる方が親切でしょう？」

と私が云った。すると彼女は
「でもお父さんは目が悪いんじゃない？」とぽつりと答えた。

そうだった。私は忘れていたのだった。彼は白内障のせいで板の裏表に気づかなかったのに違いないことを。私はとんだことをした。私が不満げにいった時、夫は黙っていたっけ。

「お前は礼を云うかわりに不足を云う。」と寂しく思ったに相違ない。私の目に涙があふれだした。

人間は常に自分が正しく間違っていないと思い、相手のミスを指摘する。たとえそれが相手を理想的であれかしと願う善意から出発したとしても、ミスをおかした本当の理由を見極めもしないで非を責め立てるのはとても不遜なことなのだ。何十年間お互いに手さぐりで来たこともきっとほんとは一大事業だったのだ——。

私が泣きべそでいる所へ近所のおじさんが来たので私はまたそのことをおしゃべりし、

「私ほんとにひどいこと云ってしまったのよ」と涙をふいていると、おじさんはにこにこして

「それじゃあ、こう云やあいいじゃないかの、

「お父さん、ありがとう。ザラザラの方が上向きじゃと、お茶碗がすべり落ちんでいい都合ですけえ」ってな」

私は思わず笑いだしてこんどは笑い涙がほとばしった。

にせ物語

d　入浴

昔、女があった。

夫が老いて手足が不自由になったので、入浴の時支えて湯舟に入れてやり、また出る時も力一杯手を借さなければならなかった。

夫が湯につかっている間にいそいで夫の布団をのべにいき、すむと戻って湯舟のわきで、出たら背を流してやろうと待っているのであった。

二月、まだ寒いころ、入浴中の夫が
「もう火を消してくれ」と云った。
「今日はずいぶん冷えるのでもすこしつけたままにしておきましょうよ。あまり熱くなったら水でうめればいいから」と女が云った。

夫が湯から出た時彼女は

「今日はずいぶん温まったでしょう？　長く火をつけておいたから」と云ったが夫はしらん顔をしていた。

「ね、ずいぶん温まったでしょう？　長くガスをつけていたから」と更に云うと、夫は、ぶすっと

「お前がそこに突っ立っているうちは温まらんよ」と云った。

それは冗談なのか、或いはてれかくしなので笑うべきだったかもしれないのに、女は急に腹を立てて

「あなたは」と大きな声で云った。

「いつまでたっても、私にやさしくできないのね。よい点をみつけてよい奴だと云ってだまして下さることはできないのね」

すると次から次へと言葉がでてきて

「わかりました。私は五十年損をしてしまったのです、馬鹿をみてしまったのです」

そして涙が噴出した。

夫はあっけにとられたように黙っている。

女はいそいで居間にいき泣いていたがだんだん心をおさめて涙をふいた。
彼女はあとで友だちにこのことを話すと誰もかも
「あんたはずいぶん若いのね！」
とひどく大笑いした。
そして誰一人として彼女に荷担し、夫のことを非難する者はいないので
あった。それで彼女は台所の日めくりの余白にこう書いた。
「いつもいつも本当の心をほしがる者は
いつもいつも悲しい
やさしい言葉を妻にかけることは
それほど沽券を下げるのか
あなたは本当は私を愛しているんでしょう？
私は幼く私は若く
それでいつもいつも悲しい」

l　渡し船

昔、女があった。

片田舎に住み、町へ出るには大川を渡し舟で渡らなければならぬ。女の夫がある夕方町の仕事から帰って来た時、たまたま船が満員になり、そこへおくれて来た人がいそいで飛び乗ったので船は岸辺で沈んでしまった。その船には町につとめている娘も乗り合せていたので、娘は大いそぎで走って帰り、このことを母親に告げしらせ、面白い出来ごとであったかのようにからからと打笑った。

女はいそぎ夫を迎えに行き村境で夫に出あったが、そのとたんに夫は大声で
「馬鹿もん！　今まで何をしていたんだ」とどなりつけた。女は聴くとすぐ出て来たのに、と思い、

「まるで私が船を沈めたかのように！」と夫の云い方を腹立たしく感じた。しかし夫が濡れているのでいそぎ風呂に入れ着がえをさせたが内心の

不満の気持は晴れなかった。

しばらくして夫が家にいる日曜日に、女に用ができて町へ行ったあと、またもやその渡し船が水に沈んだと村へ報せがとどいた。

夫は気がちがったかのように驚き、雷をつかまえるかのようにいそぎあわてて、裾《すそ》をみだして着物もぬげそうに大川の方へ走りに走って行った。けれども女は沈んだ船に乗ってはいなかった。

女は何も知らずに夕方帰ってくると道にいた村の人々が今日の出来ごとを話してくれた。そして

「旦那はお前さんの事をよっぽど思うていなさるんだね」とそのあわてぶりを口々にひやかして大笑いした。女は顔をあからめて帰り、夫にむかって「今日はすみませんでした」と座って詫びた。夫はいくらか不審に思ったが

「いいんだ」とだけ云った。

「いつも気どって高くかまえているのに

あられもなく自分をさらけだしたのを

あなたは恥じているのですね
それはほんとは恥じなくていいことなのに。

私が恨めしく思っていたことは
河水にとけて流れました。
反対に私が恥じているのは
あなたほどにも早く走らなかったこと。
私の高をくった顔つきが
あなたを怒らしていたのだと
今日はやっとのみこめました」
女はこのように胸のうちでひとりごちた。

渦巻の川──わが詩作の五十年

永瀬清子

詩を書きはじめてから五十数年が経った。いろいろの人が私に、なぜ詩人になったのか、とか、なぜ詩を書きつづけられたのか、とたずねる。多分その半世紀にもわたることをあやしんでのことであろう。私は思う。それは私がまだ充分思うままに書いていないという不満があるからにちがいない。いつも片手間であり、ナイーフであり、素人であり、専門的ではありえなかった。力も充分に出し切れなかった。その残念さが多分私をして長く詩にとりついて居さすのであろう。たずねる人々に対し私は云う。

「きっと私が小石の多い川だったからでしょう」。不満も不自由も不如意《ふにょい》もそうすれば詩を書く上では財産である。つまりその財産が私には多かったのだ。

川にながるゝ渦巻の

わが心にもなからめや
底の小石につまずけば
柳のかげに湧きてひまなく

私の今住んでいる家に近い西川のほとりをゆくとき、ふと私はこのようにつぶやく。岡山市の真中をまっすぐに貫流しているこの用水も、私の家あたりでは大川(旭川)からわかれてまだまもなく、川幅も急に広くなったり狭くなったり、また曲ったりして自然の風をとどめ、洗い物をする石の段々も昔のままに扇形に残り、いつもそこらには川水の渦巻が結ぼれまたとけて流れていく。

私はそのように渦巻のできやすい川なのだ。底に凸凹のある川なのだ。そして私は自分が詩を書く以外の者では決してありえないだろうと、いつのほどからとなく思い、それ以外にはありえないと、なぜとも思わないくらいあたりまえなことに思っていた。ただ世の中のいろいろなさまたげをそのように内蔵し所有しているだけで——。

大正十二年、私たち一家が名古屋へ引越して来た翌年の春、妹が重い病気にかかって入院したので、私が付き添って看病することを申し出た。家には小さい弟もいて伝染の心配もあり、父母はこの申し出を率直に喜んでくれた。私は十八歳。前年の春、金沢の女学校の本科を卒業していた。

下痢がはげしく、数日は夜中もあまり寝ずに起きて看病していたが、半月もして小康を得たとき父母は私に好きなものを買ってやろうといった。私はすぐ言下にそれでは『上田敏詩集』を買って下さい、と頼んだ。上田敏は前年物故していて、こんど訳詩と詩の集大成が新しく出たのを私はつい新聞で見たばかりであった。

短歌ならば女性の素養としても望ましい。しかし女の子が詩を好むことは父母にとって全く好ましいことではなく、もちろん他の時ならばすぐには首を縦にふらなかったかもしれないが、その時父母は私に感謝していたのですぐ買って病院へ持参してくれた。その厚み、その背文字。シクラメンの鉢など置いた妹の枕元で、早春の陽をあびながら私はくり返しその詩集を読んだ。また夕食の早い病院で、高くうす暗い電燈の下でも更けるまで読んだ。

金沢での女学校の頃、私は万葉集だの上田秋成だのに没頭していた。北国の空気は何となく湿っぽく苔っぽく、ただ空に閑雅な雲の泛《うか》んでいるのがみえる屋根裏部屋で一人読みふけり、また四高の鴻巣盛広先生の講義をききに唐風《からふう》の門のある尾山神社へ通ったりした。

社務所の広い座敷には桜吹雪が一杯にちりこんだりしたが、講義をききに来る人は神官や中学の先生、石川県歌道婦人会のおば様たちで女学生は私一人であった。大大名のいぶきがまだどこかに生きている金沢を去り、名古屋へ来てはじめて私の近代ははじまったと云える。今よむ『上田敏詩集』は、それまでの苔色とすっかりかけ離れたカラフルな世界なのであった。また、自分と同時代の人間の生きたままの感情がパラフレイズされていて、私は自分の古典的な勉強がまじめではあっても今まで固定的な古い言葉に囲われていたことを知った。古典を知るよりさきに、今生きている人間の感情と心が、もっと生きたままに光と影であるような文学が私にはいるのだと思われた。

私はこうしてはいられない気持に追いたてられ、それで翌大正十三年の春、父母に再び願ってその春発足したばかりの県立一女の高等科の三年制の英語部に入学することができたのである。

もともと私は金沢の女学校の本科を出た時、すぐ上級の学校、東京の女子大へ入りたいと願ったのだが、校長は私の父母に、私がかぶれやすい性格があるから都会へ出さない方がよい、と忠告し、必要な手続きがとられなかった。私は無口な控え目な生徒ではあったが、中学校一の不良の生徒と目され、そしてついに退学になったY子と親友であったため、このようなことにたち至ったのである。

彼女は高等女学校と並立されていた同じ構内の女子師範の生徒であり、師範教育の型にはまった不合理性をいつも批判し、自分でその改善を求めていたが、偶然知り合った彼女と私とはいつもお互いに必要であった。

校長のやり方に私は憤慨したが、父母はどうしても心配して進学を承知しないので結局家に止まるとともに、一家の移転等のことでその時機を失った。

しかしそれから二年経った今度は、私も新しい気持で再び父母に願い、父母も私の願いに正当さと迫力を感じたのと、今度は家から学校へ通えること、私が二年家にいてもまだあまり年齢的に進んでいないことなどを考慮して結局承知してくれた。私は自分が検定など受ける便宜から云えば、もちろん国文科を選ぶ方が有利だったが、右のような気持で上田敏に触発されたためだったから不得手この上もない英語科を改めて選んだのであった。

二年になった時、たまたま佐藤惣之助先生が「日本詩人」の編集をしておられ(詩話会員の廻り持ちで、編集が受けもたれていた)その後記に書いていられることから自分の詩を見てもらう機会をつかんだ。十篇ずつ何度か送ったが、佐藤さんは私を名古屋の詩誌「新生」の高木斐瑳雄さんに紹介して下さり、そこに時々発表するようになった。また「日本詩人」にものるようにして下さった。

三年生の夏やすみになる直前のこと、私は何かの用事で教員室へ入っていくと、吉岡千里先生が一人昼食がわりにバナナを食べていられた。先生は小柄で色も白く、何となく小鳥のようなやさしい感じをもっていられたので、バナナを昼食の代りにされても意外ではなかったが、何となくほほえましく感じられた。そしてその学期はペーターの『ルネッサンス』を講読して下さっていた。先生は私をみとめると、

「永瀬さん」とよびとめ、私が近寄ると、

「今夜もしよかったら僕の家へ来ませんか。僕の友人であなたに引き合せたい人が来ているから」、と云われた。私は承知し略図を書いてもらい夕食後に先生の所へ行った。

先生の友人は宮川哲朗さんと云う方でお二人は立教時代のクラスメートだったそうであった。私が行くまで二人の男性は裸のまま歓談していらしたらしく、玄関から見える所にかかっている浴衣が急に引きおろされ、いそいでまとっていられる風であった。

私は自分の淑女としての立場をまたしてもおかしく感じながら通ると先生は宮川さんを紹介して下さったが、先生と全然正反対に宮川さんは堂々たる偉丈夫であり、性格も、やはり正反対の方のようで声は立派で談論風発型であった。

宮川さんは自由な読書人であり、その読書範囲は非常に広く、その夜はいろいろのことを聴いた。私の幼稚な理解力を度外視しているかのように思えることもあったが、外

国のすぐれた詩人たち、ことにブレーク、タゴール、ホイットマンなどを最も尊敬していられるようであった。また小説家としてはトルストイに深く傾倒し、その作品を理解するためロシヤ語を学び、来日していたエロシェンコとも文豪について語りあった、と云われた。若い私には「トルストイの霊の王国と肉の王国」と云う風な言葉がなかなか噛み切れない。しかしすぐそのまま受けとる素地がないまでも、すぐれた詩人たちを理解するための、鼠の穴をあけるため、すなおに彼の手引に学んでいいように思われた。とにかく、日本における第一流の歌人、俳人のいずれに比べても一等地をぬく巨峰が居ならび、詩人であるからには、そうした意味の詩人をはるかかなたに望み見なくてはならないのであった。

宮川さんは私をどのように吉岡先生から聴いていられたか判らない。しかしいとまを告げた時、初対面の私にその巨匠たちの詩集や評論を惜しげなく六、七冊も貸して下さり、夏休みのうちに読むようにと云われた。

吉岡先生と私は特にそれまで話しあったこともなく、どうして数十人の生徒の中から私一人をぬき出して宮川さんの話を聴くようにして下さったのか。ただ二年生の四月、先生が赴任された最初の授業の時間に、私はディッケンスの小説の第一頁で、つい先生の訳のミスを指摘したことがあり、先生はしばらく無言でいられたが「僕がまちがっていた、あなたの云う通りだった。今日の授業はこれでやめよう」とそのまま帰っていかれた。普通の先生ならごまかすか、大したミスではないことを印象づけて講義をすすめるであろうに、と、私の方がかえって驚き相すまぬ思いであった。しかし私としてもとっさのことだったし、もともとお詫びに行く筋合いのものでもなく、そのままこの一年と一学期がすんだのである。

それよりあるいはもしかしたら「新生」につたない詩をのせたことをどこかで見きしていられたのかもしれないが、この夜のことは私には思いがけぬ事件であった。吉岡先生は私を夜更けた電車通りまで送って下さった。そして、

「学校の授業よりはずっと面白かったろう?」と云われた。私は、

「いくら勉強を同じようにしても、女の子は女の子としての大人の心配りによっていつも見守られていますし、学校というものも同じようにその範囲のものとしてしか考えられていないように思うのです。今夜の宮川先生のお話はそこを突きぬけて、私を一人前に考えて下さったような気がして嬉しいのです。

もし私が聖書の中のマリヤであったなら、家事にいそしんでいるマルタから仕事をしないと非難されたことを、キリストが人間としての弁護をし、かばって下さったとき、どんなにか嬉しく思ったであろうと、私はそのようなことをお話の間でふと思いまし

た」と話した。

夏休みがすんで十月のはじめに、宮川さんはまた吉岡先生の所へ来られた。宮川さんの家は柏崎にあり、東京の仮寓に行かれるのに名古屋へ廻り道をされるのであった。夏休みの間に私が貸与された本について一、二度さし上げた手紙を宮川さんは大変喜んでおられ、吉岡先生の所へ着いても彼はあなたのことばかり話しているのだ、僕は驚いたよ、と廊下で立話をした時に吉岡先生は云われた。

日曜日に私がいくと身軽な吉岡先生は庭の樫の木に登って塀ごしに県の附属小学校の運動会をみていられるところで、宮川さんは相かわらず達磨のような風貌で縁近く座っていられた。

宮川さんは私が座につくとすぐ私の出した手紙について感動を話しはじめられた。私の手紙がそれほどユニークなものであったはずはないのだが、若い娘の感想にはそれだけの清新さがあったものと思う。

宮川さんの講義は再びはじまり、自分が名古屋へまた来たのはあなたに逢って話すためにほかならないから、滞在しているうちは毎日来るように、とも云われた。しかし私には学校があるから日曜以外にそうそうお訪ねすることは出来ない。女学校だから朝だけ行って午後やすむにもそれ相当の手続や届けもいる。現にある朝吉岡先生の所へいく途中ばったり心理の堀先生に出あった。

「どこへ?」と堀先生が云われる。嘘のちっとも云えぬ私はまごまごしながら

「吉岡先生のお宅へ」と答えた。

「吉岡先生は学校ですよ」と堀先生は云われ、私は赤くなった。うまく説明できず先生は私を嘘つきと思われたにちがいない。それらは実に心苦しいことだった。

その時宮川さんは半月ほど滞在され、そして三学期にもまた、私の特訓に来られた。私を大切な生徒と考え、何とかして自分の持つすべてを注ぎこもうと無償の努力をされるのであった。来るたびに半月以上の滞在。いかに親友とは云え吉岡先生も迷惑されはしなかったか。もちろんキーツの研究をしていられた吉岡先生のためにも多くの寄与をされたにちがいないけれども。

寒い中を雪ふみしめて行ったこと、卒業前の春のきざしがすこしずつ木々の芽にみられたこと。思えば宮川さんは不思議な人物であった。私の一生のうちに大きなプラスをもたらしたことは確かである。そしてまた私はいろいろな時にその人のことを思いだした。例えばのちに結婚して大阪に住んでいた時、京都の博物館でブレークの絵画展覧会があり、私は二度も見にいった。ついこの間、どうしてか古いものをかたづけている時その時の目録がひょっくり出て来て、なつかしさに堪えなかったが肉筆、版画、光華印

刷、挿画本など百数十のブレークの絵とともに宮川さんの力をこめて話している姿がダブるのであった。

また昭和三十年に印度へいった時、サンケニケタンの学校へいき、また多くの娘たちが彼の詩をうたうのをきいて、ギータンジャリの詩の節々を思い出した。昔宮川さんにかりてよんだタゴールの詩がいまなおそこに生きているようにも思った。

けれども宮川さんに対し私は充分に報いたかどうかは疑わしい。私の本領は宮川さんのようにそれら鬱然とした大家たちを「感読」したり「味読」したりする以上に自分自身をいかに表現するかにあり、私自身はそれら完全なる詩人の時代をすでに過ぎ、いまや現代という、半端でいびつで不安定な時代に片足をふみこんでいたからである。

私がブレークやタゴールのようにアプリオリのあり方で神を見知っているであろうか。ホイットマンのように大股で歩いているであろうか。彼らを知れば知るほどそのようには書けぬ自分の卑小、弱体が思われるのであり、いくら宮川さんが努力されてもそのクレパスは何とも致し方がないのである。それだのに私のちょっとした言葉でも宮川さんは自分の解釈において私をほめそやし、すばらしい娘よと賞揚して下さった。

今はなき宮川さんを思う時半分はなつかしく、半分は言葉が完全に通じないようにもどかしくも思われる。

人はみな自分の描いたものしか読みとらぬものなのか、と。そして多分ブレークやタゴールのいかめしくまた美しい言葉も、私は私なりの器でしか汲みとってはいまいと——。

しかし私が詩を書く娘であると決定的に思いこみ、詩人としての道をいやおうなしに指し示して下さったのは宮川さんであり、そして吉岡先生がそれを助けて下さったのだ。

一方においては佐藤惣之助師は私の詩についていつもはげましかつ書き添えて下さった。

「あなた自身の眼で見なさい。あなたの言葉を書きなさい。今までの人の言葉はみんな忘れてしまいなさい！」

私にとっては宮川さんに比し実作者である佐藤さんの言葉はどれだけ心安らかに納得できる忠言であったかしれない。しかし今までの言葉をみんな忘れてしまえとはこれまた大変なことなのであった。それは具体的にはどうしたことか。

ある時私は「海辺の憂鬱」という詩を書き、いくらか得意の気分で師に送ると、

「憂鬱という言葉はもう古く、佐藤春夫も萩原朔太郎ももう使いました。あなたはも

っとあなたらしい言葉によってそれを表現して下さい」と叱責してあった。

朔太郎によって書かれた時、春夫によって書かれた時、その言葉はまだ手ずれしていなかった。しかし今はもう大正の末つ方、一九二三年。よく考えれば十九世紀末のボードレールさえももうすでに使い切ってしまっていたのだ。

世間の一般ならボードレールが使ったならしゃれたモードとなり、朔太郎が使ったならイカス言葉になるであろう。けれど詩においては逆であって、誇りある詩人はその言葉が、その感覚が、その時もう使い滓《かす》になったと知るのだ。

佐藤さんのその詩の言葉は万華鏡と云われるほど多彩であったが、逆にその好みはきびしく選定され、たとえば、

「この「乙女」という言葉は古めかしく、また作られた姿が見えて小生は採りません。「娘」と書かれた方が、より自然で美しいと思います」などとあった。

それは単に言葉の問題でなく、その美意識に佐藤さんの生活態度、思想までが関連しているのであり、世間からは「八方美人」「大俗」「ドラ息子」と思われながら心の底には詩によるきびしい主張があり、私には直接それが受けとられたのである。何が本当に美しいか。この微妙な価値標準が「生き方」をこめた意味となるのであり、佐藤さんは心をこめてこの言葉の重さを私に示した。

短歌や俳句の道ではともかく、現代詩の世界で弟子なるものはすでに跡を断ち、また同じ佐藤さんの主宰した同人誌「詩之家」においても、私のように師に導かれた例は少ないであろう。が、私が詩作の最初においてきびしく教えを受けたことはまぎれもなく、また忘れもできない。それはうまい水を飲むように私自身に加わった。

私はその水上《みなかみ》においての経験がいまも身内を流れているのを感じる。

ある女性は私が佐藤さんの弟子であることを云うと「よくまあ」とあきれて云った。好色の彼の弟子であると云うことは誤解をうけ、冒険すぎると彼女は思っている。が一人一人で事情はちがう。真実の師であり、詩のつながりなる故にこそ私はかく長い年月のことを証し云えるのではないか。もし好色関係ならばそう続くはずがない。

一方「詩之家」の同人たちは逆に、佐藤さんが好色であると云われて我慢できずにおこりだし、師の名誉のためついに訴訟にまでもちこむ騒ぎをした。これもまたかなしくも切ないのちの話である。

けれども残念なことに私はここでも自分が弟子として佐藤さんに終始忠実であったと云うことはできない。

昭和六年、私は佐藤さんに一度別れた。否厳密に云えば「詩之家」を一度捨てた。晩年においてまたふたたびその膝下に戻ったけれども。

それは佐藤さんが私に教えて下さったその同じことどもが、多くの「詩之家」同人たちには別の意味に変り発展し(つまり、珍しい言葉探しに陥ったり、あるいは、文明批評の主知的な観念遊戯にだけ用いられて)私の守っている地点から、あるいは私の主要と思う地点からはるかに遠ざかってしまったことであり、私はどうしてもその中に浸っていられなく感じたからだ。

私はその気持をかなり正直に書き、しばらく別の勉強に行かせて下さい、と師に頼み、いわば表門から「詩之家」を去った。

しかしポストへその手紙を落した時、手首のようにそれはポトリと音をたてた。

佐藤さんからはそれに対し、「僕はあなたの叡智を心から尊敬します」という、短いが男らしい手紙を下さった――。

そしてその半年後「詩之家」は事実上解消した。解消が惣師から出た意向か、あるいは同人の竹中久七さんたちの考えによるのか、私としては聴く由もすでにないが、人知れず師の心を思いこのことは痛みとなって残った。(そして戦後惣師の嗣子沙羅夫氏により「詩の家」に復活した。)

時代はその頃激しくゆれ動いていた。「詩と詩論」は新しい詩の方向としてシュールレアリスムを紹介し、また左翼の活動も次第にエスカレートしており、また一方に戦争の暗い予感さえ迫りつつあった。「詩之家」を解散に追いこんだのも実は私でもなく誰でもなく、この時代の趨勢にあると考えた方がむしろ正しいのであろう。そして師がそのことを誰より早く見てとっていられたことも確かである。

私は「詩之家」を出るとともに鋭角的な詩集『戦争』をその頃出された北川冬彦氏をたより、第一次「時間」のメンバーに加わった。この紹介役をつとめたのは大阪での若い友、岩田潔であり、彼は北川さんを崇拝し、傾倒していた。

私は北川さんに地図を書いてもらい、上京後はじめて銀座へ行き、明治製菓をさがして「時間」の会合に出席した。北川さんのほかに同人の三好達治氏、丸山薫氏、飯島正氏その他の方がいらした。

それまで私は大阪にいたが、岩田さんはじめ若い詩人たちは寄るとさわると「詩と詩論」について、左翼作家たちについて、ブルトンについて、エイゼンシュタインについて、激論しあい意見をぶつけ合っていたのである。東京駅へ汽車が次第に近づいていく時、自分がレモンの一片で、いまやそれに熱湯が注がれるのだという意識に緊張した。

ところが東京の中心はかくも無風状態であるのか！　地方で我々は何か架空のものに引きまわされ夢みていたのであろうか？　当日の私の感想はそんな風であった。三好さんがシュミットボンについて語られたけれど、それもあまりに牧歌的な感じであった。はたして北川さんにはその会の直後、こうした微温的な集りに対して次のような感想をもっていられることが明らかになった。

「自分たちは今、詩人として橋を渡るか渡らぬか決定する時が来ており、単に抒情の境地に止まっていられる詩人たちとは一緒に仕事できないと思う。「時間」を解散して我々は別のグループを作ろう」

またしてもここにも時代の地割れが及んでいたのだ。私はもちろん、北川さんを頼って上京して来たことであるし、否応なく新グループに入れてもらい、新しく井上良雄さん、神保光太郎さんらも加えて「磁場」を創刊することにふみ切った。三好さん丸山さんらはそののち、昭和八年になり堀辰雄さんを編集者に加えて詩誌「四季」を創められ、このようにして「時間」(第一次)は事実上二つに分裂したのである。

昭和八年は事多い年であった。二月、私には長男が生れた。「磁場」は井上さんの犀利な評論、仲町貞子さんのユニークな創作などをのせて好調に出帆した。この時代にインテリとしての自覚を土台に、なすべきことやその限度、それらに対する模索といったものがこの雑誌の特色となった。私もつづけて詩を書いた。最初の詩は「固執の断片」であった。

そうした中で初夏の頃、草野心平さんが、その頃の仕事として名刺の印刷の注文をとりに私の家へいらした。

幸い夫が印刷を依頼し、しばらく茶の間で話してお帰りの際『春と修羅』という詩集をとりだし、面白い詩集だから読んでごらんなさい、と置いて行かれた。

私がきいたこともない宮沢賢治という人のその詩集を手にした時、俄然宇宙が見えはじめ、風と星雲が描きわけられ、雲は渦巻の底に濃い青をちりばめ、また野の花々は自然そのものの美しさを空間にさざなみし、私をおどろきあきれさせた。

なぜならば、私は階級闘争が必然である時代に、インテリははたしていかにあるべきか、が問題であったのに、それら以外に自然と天空がいまだ残っていることをしばらく考えもしなかったのに、そこには急に問題は「宇宙大」になっており、そこを区切る理由は何もないからであった。

私はあきれ迷うた。今の青年達にとってもきっと『春と修羅』は美しいであろうが、その時の私ほどではないであろう。今の青年も何らかに閉じこめられているであろうが、その時の私ほどではなかったであろう。だから私には何を考えていいやら判らぬままによろこびと迷いの思いを「麺麭《パン》」(「磁場」改題)の八月号に書いた。それはまだ解けきれぬ心のままに書いたから、固くるしくわかりにくく、今よむと全く恥かしい。でもその時はそこまでが限度であったのである。

草野さんが名刺をもって来られたら、宮沢さんのお所をおききし、そして宮沢さんにこのおろかな文章もおみせしようと思っているうちに、私の留守の間にその注文品は草野さんの弟さんによってとどけられていた。草野さんは自分の名刺は置いて行かなかったから(作っていなかったから?)たずねるすべもない。

　そうしてとうとう半年もたち、翌昭和九年の冬、宮沢賢治の追悼会の通知が来た。宮沢さんは前年の九月になくなられたのだ。彼の生前に書かれていた二、三の方の文章(辻潤、佐藤惣之助、草野心平さんなどの)とともに私のその不充分な文章は、宮沢さんを讃える文章として最も初期のものとなった。

　新宿モナミにおける宮沢追悼会そのものに対する驚きと発見については前に筑摩の月報にも書いた。そこには「詩人」という意味の改変さえ私に要求するものがあったのだ。その席で黒い小さな手帖が発見された。「雨ニモマケズ」がはじめて陽の目をみた歴史的瞬間に私は居あわせたのだが、そのヘンな詩についての論争はその後長い間つづいた。古い私にとっては、昔ブレークやタゴールを人間的な完全な「詩人」として自分の半端な詩人性とはすっかり区別し、それをしも時代的な進歩(?)によるげに思い曲げていたのに、今、同時代に再び大きな詩人を仰ぎみて、心が打ち負かされた。

　そういう詩人もいまだにあるのか、という気持。詩人がそこまでいけるものならば私としても種々のせまい問題から自分を一ぺん切りはなし、自分を楽にして考えなおしてみなくては、という気持。

たとえ「雨ニモマケズ」が詩作品としてとるにたらぬと論証されてもなんであろう。それは宮沢さんにとっては作品だけが人間と別であるような狭い意味の詩人として書かれたのではなく、曼陀羅を書くように四方をただおがみ念じて書かれたということなのだ。

この追悼会でそれらの事がすぐ判ったのではないが、その時は受けとる面でもたしかに今と時代的にもちがっていた。また、この追悼会で私ははじめて高村光太郎氏にお逢いした。高村さんは昭和五年に出した私の最初の詩集『グレンデルの母親』をよく覚えておいでで、初対面にもかかわらず、私が持っているもっと自由なよい面を出し切るようにと云って下さった。それはその会での私の感動が自然に顔色に出ていたのを早くもさとられたのにちがいなく、私にとってもどんなにか適切なはげましだったことだろう。

このことがご縁になり、私が昭和十五年に『諸国の天女』を河出書房から出した時、序文を書いていただいた。お願いにいくと高村さんは、すこし前に中央公論に発表した私の「イトハルカナル海ノゴトク」という作品のことを云われ、「この頃は男でも「朝は豆腐を買って味噌汁をすするんだよ」なんてみみっちい作品が多いので、久しぶりにあなたの壮大な詩で気持をよくしましたよ」と云って下さり、快く承知していただけた。

（前略）
去リシモノハ去リシナラズ
注ギシモノハ永久《トハ》ニアリ
我ハ渝《カハ》ラヌモノニシテ
太古ヨリツヅク海ノゴトク
カナシミコソハハルカニテ
塩ハ徐《オモムロ》ニ濃クナリユクナリ

で終る二十行ほどの詩である。（海の公害はまだ知られなかった。）

考えて見ると「麺麭」にのせていた詩はどうやら固くるしく縛られていて、それを主に詩集を編むことは非常に限られた気がするのであった。「いかに書くべきか」が先立ち、「どう書きたいか」が少ないのであった。高村さんならずともより自由な本心のはばたきがもっといるのであった。思い切って、「四季」に寄稿を依頼された時に書いた「諸国の天女」という詩を巻頭におき、またそれを詩集の題ともして一旦別れた抒情が再び自分を包むように配慮し、一方に、幅広くそれまで書きつづけていたアフォリスムや短い感想も巻末に多く入れて自分の呼吸が自然に感じられるようにと心がけた。昭和も十五年になってはじめてこの詩集によって、自分らしい一人前の正反合をなしとげたのであった。

いろいろの方の祝福を受けたが、中でも「新女苑」の誌上にのせられた宮本百合子さんの思いがけぬ賞讃と、山内義雄氏が大きな大輪の菊の鉢を人夫にかつがせて贈って下さったことはうれしかった。お二人ともまだ一度もお逢いしたことはなく、また文通もそれまではなかった方々であったのである。そして尊敬できる方々であるとともにいわばこの両端とも云えるお二人であることが私に嬉しかった。

その頃から戦局は次第にすすみ、昭和十七年にはあたかも太平洋戦争の前途を憂慮するかのように萩原さんが亡くなり、そのあとをしたうようにその義弟でもあった佐藤さんも亡くなられた。またその前年、深尾須磨子さん、江間章子さんとご一緒にお見舞した与謝野晶子女史も同じ月のうちに亡くなられた。

食糧の苦労、次第に進んで来た夫の病気の心配、それらも積み重なり、昭和十九年は泥沼の年であった。何も書けず、書けば当局から叱られた。

昭和二十年の正月、やっと東京を脱出し、郷里の岡山へ来た。東海道線、中央線はみな使えず、北陸線まわりでようやく岡山へ着いた。

着くと二度目の召集で夫はどこへともなく出征し、あと六月二十九日の爆撃で岡山は焼野が原になった。秋にやっと済州島から夫も戻り、熊山の私の生家へ落ちついた。

私たちは二十一年から三反ほどの田を返してもらい、生れてはじめての百姓をすることになった。母は私たちが東京にいる間、岡山市の家に住んでいたが、私達が郷里の村で一緒に暮すようになってからかぼそい身体でかいがいしく手つだってくれ、私が農業と家事とで一日中忙しいのをすこしでも安心できるように、子供たちのめんどうを見るとか、縫物などにせいだして私を助けてくれた。そして二十三年の暮になくなった。

家から駅までは二キロ余りあり、夫は岡山の会社が焼けたのでそれより遠い庭瀬の仮社屋へ通っていたし、子供たちもそれぞれ遠くまで通うので朝はどうしても五時半には仕度にかからなくてはならない。また農村の生活は都会で考えるのとはすっかりちがう秩序によって組立てられているのであった。

都会では自分の好むと好まざるによって周囲とのつき合いを省くこともできるし、全くしないことさえできる。しかし農村にいれば自分もすっぽりその秩序の中へ入りこまなくては生活出来ない。共同の仕事も常にあって、道ぶしん、山刈り、藻葉切り、溝さらえ、など、それらは農業を一反でもやっている限り共に協力しなければならない。なぜなら水田を作るのは一つの水脈の中に包含されることであり、その水脈の順序に組み入れられて自分の田へも水をわけてもらうことなしには成り立たないし、そうすれば自分の歩く道も畔《あぜ》もまたすべての公共物も、同じく自分が協同の協力によってただ歩かせてもらい使わせてもらう物になるのであった。

季節の考えもまた都会とはすっかりちがい、生活に密着し、自分の労働は季節、天候によってすでにきめられ追いたてられ、ほんの二、三日のことでも人よりおくれればそれだけ収穫は少なくなる。また草の実の固い種が落ちてから除草すればたとえ草は除いてもまた生えるし、昆虫が出だす前に桃は袋かけしなければ何の役にもたたない。

私はその中で一番阿呆なやり方でおろおろうろうろとついていった。夫も今までしたことのないことをするので馬鈴薯の種をおろしたり胡瓜や茄子の苗を挿すにも、「おーい、物尺《ものさし》をもってこーい」とうね間、株間の寸法をはからなければならない。そして農村の人々はこのような珍妙な私たちの挙動を一から十まで見守り、彼等流に解釈批評せずにはいられない。その中で独自の自分をうち樹てることは全く英雄的なことである。自分が何もできない、何も知らない、ということをおめずおくせずさらけだす以外には手がない。汝プライドをすてよ、であった。

盆のあくる日、八月十六日には女たちはもう布団洗濯にかかる。家中の布団を川の流れで洗い、照りつける日光で干しあげ手早くぬい上げて家中のをすませてしまう。もしそれをおくらせていたら日光は十分照らさなくなり、九月の台風期に入り空気はしめるぐずぐずしていれば田の水を落すから流れはとまり豊富な流水で洗濯することはできなくなる。その他すべて個人の知恵ではない伝統のやり方でその時期その時期の仕事がまわってくる。その時々の食物があり、ひしお、甘酒、漬物、と忙しい。

それらを考えると私は到底詩など書けないはずだったが、これらすべての生活、すべての背景を書いておくものは、都会から来た私でしかない。なぜなら昔から田舎に住んでいる人はそれらがどれくらい都会のそれとちがうのかも知らないし、書くに価するとも思わないから。また自然の移りなどについても野草の一々の形、色、時についても同じことである。

私はせっせと書き、昭和二十年代に最もよく日記も書いたし手紙も書いた。

そしてつまり太陽が私をうちなめした。

不思議にも日々の労働によって夜はぐっすり眠り、そのため短時間で疲労は回復できた。また昼間、田の中で、機械的に刈ったり耕したりする労働は、リズミカルな単純作業なので頭を使わずにできるため、その仕事の間に沢山のことを考えた。また、それらを畔豆のかげなどで短い章に書きとめた。

宮沢賢治が隣りあう山と山の緑の色がちがうその意味を説いたように、私の地方でも、新田山と経黒山とではその成り立ちの土質がちがい、また、緑もちがう。ひいてはこの田に入れる肥料の数値もちがうのである。ただ机の上で観念的に読んで感心していたことが、ただちに自分の鍬先にまつわることになった。汲めどもつきぬ不思議がそこにあった。

そのころ田舎で一人すべてに立ちむかっている私のアドレスをたずねあて、山内義雄先生が再び手紙を下さり、また文学書に乏しいことをあわれんでつぎつぎと送っても下さった。『月下の一群』も下さったし金子光晴の詩集も。それらを私はまた夜ふけるまで読んだ。そしていつか私が若い時読んだ『上田敏詩集』のことを書き送った時、奇しくもその本の編集こそ山内さんにほかならないことがわかった。京大学生だった山内さんを上田先生が自分のあとつぎ養子にしようと考えられ、その手続に東京へ行こうとされた時急病でおなくなりになったのだった。

すべて網の目のように原因結果は組み合わされ、私が今日なすことがいついかなることにつながっているか知りがたい。けれども実はすべて意味あることであり、甲斐あることである。何十年か過ぎてはじめてその一部が判明するのが常であるから、すべてはおろそかにはできない。

昭和三十八年、末の息子が大学に入り、夫は停年になっていたので現金収入が必要になり、私は世界連邦の事務をとるため県庁の文化課に勤めはじめた。またしてもはじめてのこと。鍬のかわりにこんどは算盤、と云いたいが私はそれも不得手なのですべて筆算でやり、今までつけたことのない帳簿、お伺《うかがい》などをつけ文書を発送した。はじめ田舎の家から通って農業もすこしつづけていたが世界大会を催した年、あまりの忙しさに高血圧になり二百三十くらいにまでのぼった。

それで百姓をやめ田舎の家に鍵かけて岡山市の小さい家に移り住み、夫、長女と三人でくらしはじめた。私は高血圧をのりこえるため毎日血圧を量り、いつ高くなるかを研究し、身体に注意するようになった。無理せず、しかし決して休まず、次第に克服した。それは私の身体への予震であり、落ちつくための必要な地震だったかも知れない。でもまた、大地震がいつ来るかも知れない。何もせず恐れるよりは、なすべきことを準備したいとも考えた。

労働の合間に自分が書きためていた短章を何とかしてまとめたいと思い、二、三の出版社に交渉したが「いいものとは思いますがまとまりがよくない」というのがせいぜいであった。「まとまりはなくてもいいものですよ」と私は云った。

昭和四十七年の夏、吉本隆明氏が来岡され、偶然にお会いする機会があった。二、三日前ある出版社から取りかえしたばかりの原稿を持っていたのでそのときお見せした。吉本さんはすこし原稿を打ちかえし見ていられたが、いきなりそれを胸先にかかえこみ、「この原稿を僕にあずからして下さいませんか」と云われた。私が「?」と首をかしげていると吉本さんは御自身で編集されている雑誌、「試行」に分載し、その上で出版された方がきっと有利になりますから、と云われた。そう云いだしたが最後、押せども引けども考えが変らぬらしいことをその恰好で感じたので、私は自分の「大地震」に間に合わぬよりは、そこらの印刷屋で自分で印刷してのけようと考えていたのだったが、しばらくもじもじしていた揚句、とうとう笑いだしてしまいについにおまかせした。

それからのち吉本さんは顔を合すたびにいつも「あなたの年齢で今も詩を元気に書いている人は大変珍らしいのです」と云われる。まじめな人が私をはげまそうとして云われているな、と私は思う。しかしそれは非常にあけすけな言葉で、私が年をとっていると面とむかってはじめて云ったのは吉本さんであり、私は「あっ、そうか」と、はじめてそのことに気づいた。けれどそれはさておきやがて私の本が出版されるよう気を用い立派につくして下さった。このことはまたなみなみの縁ではないであろう。

またつづいて短章集のNO・2が出来る時1の方も増刷されるので思潮社の小田さんがNO・1とNO・2のそれぞれに何かやわらかな呼び名を考えたらどうですか、と云われた。吉本さんにこのことを云うと「谷川俊太郎さんに考えてもらわれては？」とすぐおっしゃった。それは谷川さんがかねがね私に好意的にひいきして下さることを察してのことであり、また谷川さんがきっとそうしたことを巧みだと思われたからである。谷川さんもすぐ承知して下さりその題名をNO・1「蝶のめいてい」NO・2「流れる髪」とおきめ下さった。どちらも私の本の小みだしから採られた。「装幀はどうしましょう」とまた吉本さんに私が云う。「谷川さんに考えてもらっては？」すぐまた吉本さんが云われた。

すべて童話かなんかみたいな簡単なやりとりなので考えると全くおかしくなる。けれどこれらのことはすべて大変うまくはこんだ。谷川さんもはじめての装幀という仕事をたのしそうにやりとげて下さり、おまけにまだ原稿の影も形もないNO・3の装幀まで考えて下さった。

考えてみるといろいろな方がいろいろなあり方で私を助けて下さり、そしてそれらはすべては常に無償の行為としてのみ私のためになされたのである。最後に石牟礼道子さんが心をこめて私のために帯をかいて下さった。私の本にめぐりあえたことを「天のごほうび」と書いて下さった。

私は田舎にいて生活にとりくむことにせい一杯で誰の傘の下へもいかず世の中に起き

ていたこと、特に詩境的な出来事とまるで無関心のうちにすごした。「黄薔薇」という同人誌は出していても実は昔自分の夢みたことのほかは何も知らないのかも知れない。けれども渦巻は私のまわりにかつ結びかつ流れて、私の短章というものも実はどこからほんとは源を発しているものなのか。ブレークの箴言やタゴールの言葉も本当は気もつかぬうちにそこに加わっているのかもしれない。上田敏先生は山内さんを通じて何かの一枝を下さったかもしれない。それこそ「注ギシモノハ永久ニアリ」ではなかろうか。

私はここ数年、すこし自由に書けるような気持がしているが、思えば今まで多く夢中ですごしたのだった。二、三日前雑誌類を片づけて昭和二十三年の古びた一冊をみいだした。そこに私の一作品があり、茶色になった頁《ページ》に刷ってあるのは次のようなものであった。

藍色の山

おゝあの山にはふかい洞《ほら》があるのだ
人々には入ってゆけず
しかし私にはさらさらと入ってゆける

アリババのようにあとの扉をしめて
その時楽器の胴に入ったように
鳴りわたるものを感じるのだ

藍色のふかい山よ
沈黙して高くみえる山よ

私はそこに入って長く出なかった
不在ののちに私は出てゆく
人等はすでに老いて
私ばかりがさびしく若いのだ
悲しみにたえず人等の手をとれば
おどろきおそれて人等の顔は蒼ざめるのだ

（「低流」第五冊）

時間をまちがえた人、やっと今自由になった人、三十年前にそれを予言している詩ではなかろうか。いましばらくにちがいない私の「時」を、私はこれからどれくらい濃くすることができるであろうか。

《対談》やさしさを教えてほしい

永瀬清子
谷川俊太郎

谷川　結婚なさってから何年になりますか。

永瀬　五十年ちょっと越しました。

谷川　じゃ、金婚式過ぎてますね。ご主人と初めて知り合われたのはおいくつのとき？

永瀬　二十歳ぐらいじゃないでしょうか。

谷川　どういうきっかけでお会いになったんですか。

永瀬　それはね、父母がいまの夫との結婚をとっても希望したものですから、それでおつきあいするようになったんです。

谷川　一種のお見合い？

永瀬　初めはね。どうも反対する理由が何もなくてね（笑）。

谷川　その前に好きな人がいらしたとか、そういうことはなかったんですか。

永瀬　こんなの夫に聞こえるとよくないんだけれど。夫にはそんなことあまり言わないから。

谷川　聞こえたほうがいいんじゃないかな、もうそろそろ(笑)。

永瀬　そうですかねえ(笑)。

あのね、母方の従兄が二人いましてね。母の兄は台湾で師範学校の先生をしていて、姉の夫も朝鮮でやはり先生をしていたんです。従兄は二人とも家が遠いということでかわるがわる私の家へ遊びにきていましてね。初めて出会った人たちを、どちらも好きになってしまうということは、私がぼけているのじゃないかと思うけれど、二人とも好きだったのです。とにかく、大変気が合うんですよ。でも、二人の性格は正反対なのね。片っ方は絵を描いているし、もう一人は京都でお医者の勉強をしていましてね。普通は、絵を描くほうの人が好きなら、科学者のほうは好きじゃないはずなのに、どっちも好きなのよね。二人とも私にとって非常にプラスで嬉しいのです。

二人とも母方の血を受け継いでいる人だから、それで気に入るのかなあと思ったりね。あるいは、世間にほかにそれほど好きな人がいないし、二人とも好きだというのは、自分自身を好きだということと関係あるのかなあと思って、その辺の深層心理はちょっとよくわからないんですけれど……。でも、むこうはどちらも長男で、私は長女でしょう。そういうことでその人たちとは法律的にも結婚できない。母たちもそういうことは絶対に悲しむわけね。それに家系的にも父と母が従兄妹だったので、血族結婚が重ならないようにと私に懇願しますし、また、もし片っ方と結婚したら、他方はより以上に悲しむだろうと思い、それで二人ともあきらめたんです。

谷川 そのころはほかにも、つまりいままで言うボーイフレンドはいらっしゃったわけですか。その二人とくらべられるような。

永瀬 いいえ、くらべられるような人はずっといなかったですね。誰を見てもつまらなくて。

谷川 やはりいまとは違って、そんなに自由に交際できる時代ではなかったんでしょうね。

永瀬 そうですね。それで、いまの主人のことを父母がとてもいい人だと思っており、また私のことを心配しており、父母を悲しませることが到底できないから結婚したんです。だから、私にはかえってそれが運命なのです。

谷川 結婚なさったときは、もう書き始めていらしたわけですか。

永瀬 ええ。どうして詩を書き始めたのかといろいろ考えるんですけれども、やはり私が最初に接した詩が、『上田敏詩集』とか、ブレイク、タゴールなどのすばらしい詩でしたから、そういうのを読んでいると、詩を書くということが私にとって世の中で一番いい仕事なんだと思えたわけですね。

谷川　英文科に行ってらっしゃるころから、そういうのを読んでたんですか。

永瀬　初めは短歌から入ったんです。母が短歌をやっていまして、といってもごく旧式なもので、私もみようみまねで短歌の本を読んだりしたんですが、そのうちあきたらなくなって、もっと自由なかたちの北原白秋や斎藤茂吉などを読むようになったんです。私の歌まなびの土台にそういうものがあったし、女学校の時代には、万葉集を読んだりしてましたから、だんだん言葉の世界に惹かれていき、さきほど言ったような詩と出会って私のやりたい仕事の方向が決まったわけね。

谷川　結婚なさるとき、書くことを続けていくという気持ははっきりあったのですか。

永瀬　そう。それだけははっきり主人に言ったんです。

谷川　ご主人はそれを認めてくだすったわけ？

永瀬　「それはいいですよ」と言ってくれました。だけど、とにかくいろんな点で勝手が違いましたけど。ただ私を信頼していなければ続かないことですから、ふりかえってみると感謝があります。

谷川　でも、ものを書く人間というのは、文学にしても評論にしても、相当難しいんじゃないかと思うんですよ。自分の結婚のことを考えてもね。だから逆に言うと、もの書きの相手としてのご主人のほうも、永瀬さんに対して難しい点があったんじゃないかということも思いますけど。

永瀬　そういうことも確かにあったと思います。以前、私の『短章集』を、東京にいる夫の同期のお友だちがたまたま見て、「このような人の夫たるや、大変な苦労があったに違いない。こういう奥さんを持っているのは苦労じゃなかろうか」と書いてくださったんです。でも、私は「いいえ、そんなことはありません。夫は私を才女だとか偉いなんてすこしも思っていませんから。むしろ私をバカな間の抜けた人間だと思っていますので、そんな心配はあまりないと思っています」と言ったの。でも、もしかしたら私自身が理解しているよりもずっと夫にとっては苦労があったかもしれませんね。ただし、才能のある詩人、偉い女なんて思ってるはずありませんよ(笑)。

谷川　でも、『短章集』にお書きになっていらっしゃるけれども、一家の主婦としての仕事というのを果たされて、なおかつ、ずっと書き続けていらしたわけでしょう。とくに戦後のお百姓さんの時代には一家の主婦以上のことをなさってきたと思うんです。そういうことは、ご自分で昔ふうの妻の務めみたいなものを果たしてきたととらえていらっしゃるわけですか。

永瀬　そんなに堅苦しく考えてはいませんでしたね。何しろ女の仕事がたくさんあるということは、どうしてもぬぐわれないしね。一所懸命、家庭のために尽すとか、子供のためにせっせとやれるということは、それは当然なすべきことだったから、そんなに……。

第一、詩を書くことはお金にもならないんだしね、そのころは。だから自分自身の仕事として、人が寝静まってからでないとなかなかできなかったわけですね。お百姓をし始めたときはそれがずいぶん大変だなと思ってたけれど、人が思っているよりは楽な点があったんです。というのは、お百姓をするのは、それが結局暮しの仕事だから誰も非難しないでしょう。また、お百姓仕事というのは、稲を刈るとか、草取りするとか、鍬で打つなどの機械的なことが主で、詩を書くほどには、気も頭も使いませんからね。作業しながらいろいろなことを考えていても、人にはわかりませんから、かえってお百姓している間の時期に一番ものを考えたような気がしますね。そして、昼間考えたことを夜まとめる。お百姓をしている時期はわりとたくさん詩が書けましたね。

谷川　でも、詩のなかに「くさんちつぺも可哀さう／にんじんの母親もかはいさう／トルストイ夫人も自分のやう」とお書きになったことがありますね（「冬」）。ご自分がものを書いているということに、あるうしろめたさを感じていらしたんでしょうか。

永瀬　そのうしろめたさを感じないためにも、せっせと昼間はみんなのために尽して、そんなに迷惑をかけないようにつとめたと自分では思うんですけどね。でも、子供の服のほころびを縫うのを忘れて、そのまま学校へやったり、いろんな点で普通のおかあさんよりは落度がたくさんあっただろうと思いますけど。夫に対してもきっと私はダメ人間だろうと思っていました。

○

谷川　お子さんたちから、何か不満が出たことってありますか。

永瀬　子供たちは何も言いませんね。ただ、長男が言うには、私と夫がよく喧嘩していた時期があって、それがつらかった、私がずいぶんと夫に逆らっていたと言うんです。確かに、その時分は夫が私の思ったことと違っていると、私はそれを黙って我慢していたんじゃいけないという、正直すぎる気持があったんです。夫のほうが間違っている場合、「あなたは間違っている」と言って直してもらいたいという希望があるでしょう。そしてそれを言うと、逆にそれでまた喧嘩の花が咲くというわけ。私はわかってもらいたいと思うから言うのですが、夫は従順じゃないと思って怒るのでしょう。ちょうど長男が大きくなる時期だったと思います。

私は、もうこれはだめだな、離婚したほうがいいかもしれないと思ったりもしました。で、ちょうどそれは戦争もエスカレートしてきている時分でね、世の中がすべて不自由になっていて、夫の神経症が昂じてきまして、「戦争をするのは間違っている」と人前で言ったり、会社でも突然大きな声でみなを叱り回したりするようになったんです。それで会社のほうも「永瀬さんは神経が少し参っておられるようだから、しばらくお休みになってください」と言って、しばらく休職することになったんです。それまであまりそうと考えたことがなかったのですけど、夫が怒鳴ったり怒ったりするのは、本当は病気なのかもしれないと気づいてね。いままでは性格が合わないとか、この人を何とかしてよくしたい、自分も歩み寄るように努力したいと思って一所懸命やってきたけれど、この人は病気なんだと少しずつわかり出した時点から、離婚するという考えはぷっつりやめました。病気だったのなら、この人の気持をもっと楽にしてやり、神経をなだめるように努力すべきだった、とやっとそこでわかってきたのね。

そうしているうちに、戦争もますますひどくなってきて、食べるものがだんだん少なくなる。神経症のせいか夫はものすごく空腹感を訴えるんです。それで私はいろいろ手を尽して食べものを調達するんですが、それでも足らないと思っているわけね。もうじき飢え死すると思って私を困らせる。ずいぶん苦労しました。それからしばらく休職して山の温泉などへ行ってだいぶよくなり、復職したのですが、それまでは夫の仕事の関係で東京におりましたけれど、次第に空襲がひどくなってきて、会社の帳簿などを疎開しなければならなくなりました。ちょうど会社のほうでそれぞれの地方の帳簿を各支店へ持っていくことになり、私たちは岡山出身者ですから、どうやらそれを持って東京から脱出することができたんです。そのころは混乱してましたから、荷物一つ送るにも、列車に乗るのも大変難しかったですから助かりました。岡山のほうが東京よりもいくらかでも食糧が自由だったし、夫の気が落ちつけると、それが何よりもうれしかったのです。そうやって岡山へ戻ったのが昭和二十年一月。で、一安心と思ったら、すぐ二度目の召集を受けたんです。病気が一応治ったとはいうものの、兵隊に行ってまたぶり返しはしないだろうかと心配だったんですけれど、軍隊生活はかえってよかったと思うの。軍隊でみんなと一緒に同じ仕事をし同じものを食べるでしょう。それに、済州島だったから本当の戦場にならなかったし、かえって夫は社会に適応できたみたいです。ようやく家へ戻ってきたのが終戦の少しあとでした。そういうことでやっとすべてがひと山越したわけです。けれども戦争は本当にこりごりでした。

○

谷川　ご主人が少し病的な状態になられたということに関して、永瀬さんご自身は、自分がその原因だったとお思いになったことはあるんですか。

永瀬　やはり、いろいろ考えましたね。もともと正直一方で、ワンマンではあっても純真な人なのです。大学病院へ薬をもらいに行った帰りに私は高村光太郎先生のところへお寄りしてお話ししていたら、高村先生もやはり奥さんの病気の原因が自分にありはしないかと苦しんだとおっしゃってました。ご自分が彫刻家なので、芸術に対して高い要求を持っているから、智恵子さんが絵を描いているのをちっともほめてやれなかった。そのことが悪かったんじゃないか、といろいろおっしゃいました。結局、お医者さんにも訊いたりしたんですけれども、それは原因じゃないと言われたそうです。

私もそんなことまで考えていたらずいぶんつらいし、自分自身も明るくなれないから、いまの自分のできるだけのことをするほかない。そうは思っても、やはり、私が夫を愛しているということがまだ本気じゃないからではないか、と思ったりね。

谷川　詩集を拝見していると、しばしばご主人に対して書いているとしか思えないような書き方で、何かを訴えていらっしゃると感じるんだけれど、ご主人は永瀬さんのお書きになるのをお読みになりますか。

永瀬　ほとんど読みませんね。読んでも面白くないんじゃないでしょうか(笑)。

谷川　もしかすると、永瀬さんは詩のかたちで一番本音を言っていらっしゃるのかもしれないとぼくは思うんだけれども、ご主人の場合、そういう永瀬さんを理解しようということはなかったわけですか。

永瀬　そうね。まあ、文学的な人間でないしね。読んでくれたらよくなるとも思えなかったですね。だからあまり見せませんでした。

谷川　詩のなかに、NHKかどこかで詩の放送があったときに、その詩を聴いてくれなくてよかったという詩(「わが詩を聴かずして眠りし人へ」)がありますね。とても心打たれるんだけれども、あまり読ませたくないというお気持もあったんですか。

永瀬　そうですね。あまり心の底まで見すかされても、プラスにならないんじゃないかと思っていたから……。

谷川　詩集を初期のころからずっと拝見していると、『焔について』の時期、つまり敗戦後しばらくしての時期というのは、永瀬さんのなかに何か相当危機的なものがあったんじゃないかという感じがあるんですけれども。つまり、ご主人以外の男の人が好きになるとか、そういう時期というのはおありになりましたか。

永瀬　へえ、いろんなことがわかるんですね(笑)。『焰について』の時期ですね。えーと、あのときに出てくるいろんな男の人たち——村の人たちですね。それまで都会にいて、男性を見ててもおしゃべりしたりはするけれども、何て言うのかなあ、男性の部分としてしか感じられないのね。つまり頭脳の戦いね。ところが、お百姓をしている男の人っていうのは、生活の全部という気がするの。人間らしいのです。悪い面ももちろんあるけれど……。それに、岡山地方の農村というのは、思ったより明るくて、女性たちもわりに尊重されているしね。私にとっては住みいいところだったんです。『焰について』のなかにはいろいろな男の人が出てきますけれど……。

谷川　大工さんも出てくるし。

永瀬　大工さんも出てきます。左官さんもあります。それらは専業ではなくて百姓を兼ねているわけです。もちろん恋愛関係じゃないんですよ。それに話したところで、あちらはおけさとか浪花節くらいが好きな人で、こちらの思うような話はなかなか進まないし、限度がありましてね。でも、人間的にみな、とてもいいところがあります。

「木蔭の人」。言葉の上で少しずつフィクションがまじっているけれど、たとえばちょっと用事があってその人のところへ行ったりしても、細君が警戒するわけです。でもあの詩には大工さんや、左官さんのことなどのほかに、インテリの友人のことも入っており、いろいろとまざっていますから、どの人のことということではありません。私のいつも感じている一般的なことです。現に大学教授をしている友人は、「木蔭の人」はきっとぼくの妻君のことを書いたのにちがいない、と手紙でいってよこしました。

それから、先ほどおっしゃったNHKで放送されたときのこと、あれは少し違うんです。あのときはね、私が田舎で詩を書いているときに――昭和十五、六年、『諸国の天女』を出したころです――山内義雄先生が、私の詩を大変気に入ってくださって、手紙をくださったんです。それで『諸国の天女』を出したときに、とても立派な菊の花の鉢を贈ってくださったんですけど、戦時中だったからバタバタしていて、お会いできなかった。戦後、山内さんが私の詩をまたどこかで探してくださって「田舎で暮しているということを聞いたけれど、無事でいてよかった」という手紙をくださいましてね、それから文通が始まったんです。で、私の詩が放送されるというのでお知らせしたんですが、眠っていてとうとう聴かなかったそうなんです。ですから、あの詩の背景は夫ではなく、山内さんだったんですよ。

○

永瀬　時代が時代でしたから、本当の「友人」としての男性をも望むのに、いつもさまたげられていることを感じました。まわりからも同性からも……。それで気がちぢむのです。でも、いまお話ししたようなことが、谷川さんには、私の詩から感じられましたか。

谷川　ええ。思潮社版の詩集を通読していますとね、やはり相当はっきりと永瀬さんが歩んでこられた感情的な足跡というのかな、そういうものが感じ取れるように思ったんです。つまりご主人に対して通じないというふうにお考えになりながら、一貫して訴えかけていらっしゃるというものがあると思うんです。

永瀬　そうね。通じないことと、私がこれでいいんだろうかということや、それから自分のせいでものがうまく運ばないんじゃないか、何か足らないのではないかということがいつも私自身の心の中にあるわけね。

谷川　ただ、ぼくの読み方では、「諸国の天女」という詩——詩集じゃなくて——、あの作品にわりあい原型と言えばいいのかな、そういうものがあると思うんです。それは、永瀬さんという方が一方では地上のものに惹かれながら、つまり一人の妻として、あるいは母親として家庭を守るという気持をお持ちになりながら、一方では全然そうではない、詩の世界に属するような俗世間とは離れたものに惹かれているという、二律背反みたいなことが、はっきり出ていると思うんですね。

ですからそれは、もしそういう問題があるとすれば、永瀬さんが詩をお書きになるということとそのもののなかにあるんだろうという気がしますね。たとえば、二冊目の『短章集』の『流れる髪』のなかで「『愛』を云うな。『ラブ』をうたうな。（中略）愛する苦しみがあっただけだ」（「愛」）とおっしゃっているんだけれども、実際には、愛というものを非常に模索しながら常に問題にしていたという気がするんですけれども。

永瀬　やっぱり、そのことが一番問題だったかもしれませんね。

谷川　でも、いまうかがうと、結婚なさったときにすでに自分のなかの愛というものに、ある一つの疑問を持ってらしたというふうに受け取れたんですけれども。

永瀬　それはあったかもしれません。でも、それなら、どういう人と結婚していたらうまくいったのかというと、それはわかりませんね。だれと結婚しても私の持ち駒のとおりにしか進まないのでは……。

谷川　うん、同じことは出てきただろう、と。それは「諸国の天女」のなかに予言されていると感じるんです。

永瀬　「諸国の天女」だけでなく、どの詩もやはり自分の状況や運命というものと密接につながっているんです。『グレンデルの母親』の時分からそうですね。あのなかに「彗星的な愛人」というのがあるでしょう。あれも、一人の人を好きになったということとは違っているんじゃないかと思うのね。結局それは、「母親の面影」をもっていたということになるのかもしれない。

谷川　母親の面影？

永瀬　ええ。最初にお話ししたように、私が憧れていた従兄たちは母親の血縁ですからね。一人は私の母にみとられて早く死んでしまったし、一人はほかの人と結婚したので、もう問題は残っていませんけれど。

谷川　もしも現代の女の人だったら、二人の人間を同時に愛せるかということを――疑問を感じながらも――一夫一婦制のなかに入り込まないで、自分の理想とする男性を求めて放浪するという生活を送りかねないと思うんですよね。しかし、永瀬さんの時代には、一人の男に自分の一生を賭けるということが前提としてあったんでしょうね。

永瀬　そうですね。やはり時代というものは、大きく影響していました。そのころの感じで個人ではなく、一家とみんなを支えるべき長女の責任もありました。あるいは女三人の姉妹のあとに生まれた弟が早死しなかったら、すっかり違ったかもしれないのです。いまとは法律もすべてちがっていました。

谷川　でも、実際にもうすでに起こってしまった現実の生涯として眺めれば、自分の理想を追って、男から男に放浪することと、自分の愛というものを疑いながらもただ一人の男と一生涯、あるときには堪えながらずっとともに暮してきたことと、どっちがよかったのかと考えると、ぼくは、もしかすると永瀬さんのようにお生きになったほうが、愛情という点に関しては正しいんじゃないかという思いもあるんです。

永瀬　そうね。一人の人への愛というものは、一度でわかったり、一度で成就できたりするものじゃなくて、だんだんと長い時間をかけていくことによって、初めて完成するものじゃないかしら。特に結婚というのは、その相手の魂にも責任を負うことじゃないかしら。ある意味では父や母のことでも、ものすごくいい人だとわかってはいても、若いときは父や母のことをもの足りなく感じたり、ある面で反撥してたところもあったんです。父や母の気持を実感としてつかめたのはわりと最近なんです。

前に書いたのですが、古い蔵を取り壊すときになって、なかから箱が出てきたんです。それに父から母へ宛てた手紙が入ってまして、それを読みましたら、妊娠中の母へのいたわりや、赤んぼの私について非常に愛情が感じられる内容で、驚きとともに感心したんです。こんな面もあったのか、と。それから父と母の愛情についても少しずついろいろなことがわかってきました。

父母だけではなく夫に対しても、お互いに長い目で見ていくと、いままで頑固すぎると思えたこともそれはその人の弱さの現われであって、逆にかばってあげなければいけないことだったのだと、そういうことがだんだんわかるわけね。自分のほうに大きな思い違いのあったことを発見するのにも、すべて時がいります。だから、早く失望して、二人の間柄を離婚ということで壊してしまわないほうがいいんじゃないかと思うのね。恋愛がなくなったら結婚は必要がなくなるのではなく、やはり魂を支え合うお互いの約束ですから。

○

谷川　永瀬さんは〈寂しい〉、あるいは〈寂しさ〉という言葉をよく使っていらっしゃるように思うけれど、そういう危機の時期にご自分が詩を書いているということが支えになったという自覚はおありですか。

永瀬　それはありますね。でも私にはほかに取り柄がないし。それと、言葉の問題ですけれど、言葉の魅力というものがあって、私から詩を書くという行為を取り去ってしまうことはできないような気がしますね。

谷川　その言葉のことですけど、おそらく永瀬さんのご両親の時代には、たとえば愛という言葉も、愛という観念もなかったと思いますけど。

永瀬　そうですね。ですから蔵で見つけた手紙にもそんな言葉はすこしもないのです。

けれども、ただあたたかいまなざしが感じられたんです。

谷川　でも永瀬さんの初期の詩にも愛という言葉が出てきますね。永瀬さんが愛という言葉をどういうときに初めてお読みになったとか、お聞きになった、あるいは意識したのかということをもし覚えておいでだったら……。

永瀬　やはり、読んだからわかったということではないですね。例の従兄たちが、私にいろいろと教えてくれて、片方は河上肇の唯物史観について読めと言い、片方はアンリー・ルッソオの画集をくれたりして、それで私はせっせとそういうものを、わからないながらかじって、ヨチヨチついていくという感じでした。彼らが与えてくれたものは、自分としては世の中を知るためにかけがえなくうれしいことであったんです。そういう事実から入っていったのです。

谷川　そうすると、ご自分のなかの、ある感情を愛という言葉で呼ぶというかたちで入っていらしたということですか。

永瀬　自分の感情が「愛」だということは、はっきり自分で考えてはいなかったのですね。いまだってそうですよ。

谷川　ご主人と愛という言葉を使って話し合いをなさったということはあるんですか。

永瀬　ありませんね。夫と話すときは、「おい、アメ玉をとってくれ」というような

(笑)。主人は朝ごはんのあと苦いお薬を飲むからアメ玉が必要なんですよ。そういうふうですから、愛の話なんかにはいかないの。

谷川 そういうことは、いまはともかくとして、若いころはご不満だったということはありますか。

永瀬 そうですね、ほかの気の合ったご夫婦を見たりするとね。でも、自分がアメ玉一つ出すのでもばかばかしそうな顔をする。そういうことが私の欠点じゃないかしらん、といつも自分を責めていたから、愛について語るよりも、主人がもっと満足するように、気持よく何でもしてあげたりする、その行為が愛そのものであると思うんです。そうしてできるだけ努めていたのですけれども、このごろは努めるというよりだんだん、もっと本当のやさしい気持になっているような気がしますね、お互いに。

谷川 ご主人の永瀬さんに対する愛情というのを、お疑いになったことはありますか。

永瀬 あまり疑ったことはないと思います。いま主人はあんなに偉そうにしているけれど、本当は私がいなくちゃ困るんだ、全然だめなんだと思いますよ(笑)。それにいまは手足の不自由な病気で立居がかなり難しいのでなおさらです。プライドがあって愛ということは言わないけれど、私がよそへ行くとき、「おい、遅れるよ、早くしろ」とか、「棺桶自動車がとび交っているから気をつけないといけないよ」とかいうようなことを言うのが、やはりそれが愛情なんだろうと思いますね。愛情のない人間とは違うわね。ただ若いときにもっと理解のある言葉や、やさしさがほしかったのはたしかです。

○

谷川　離婚を一度はお考えになった時期というのはずっと昔の話だけれど、そのときは、一人の人間をずっと愛していくことにある疑問をお抱きになったということですか。

永瀬　そう。これではかなわないという気持でした。

谷川　でも、理想としては、一人の人間をずっと愛していくことが一番いいことだと思っていらっしゃいますか。

永瀬　ええ。結婚というのは、一つの人間としての契約でもあるから、自分がいろいろな点で相手のことをわかってくる、理解してくるということをも含めて、一つの契約をまっとうしたいと思いますからね。

谷川　結婚式はどういうかたちでなさったんですか。

永瀬　岡山でやりまして、親類の人たちがみな来てくれて、ちょっとした披露をするというごく月並みなものです。

谷川　普通の結婚式で、キリスト教ということではもちろんないわけですね。契約という考え方は、結婚なさったときからおありになったわけですか。

永瀬　そのときはそこまで考えませんでした。私のところは人間がみなちょっと堅いんです。それはキリスト教じゃなくて、日蓮宗の不受不施派《ふじゅふせは》というとても戒律の厳しい宗教なんです。人間的なものについて厳しい点では、ピューリタン的な感じがありますね。

谷川　その不受不施派は、結婚について何かはっきりした考えがあるんですか。

永瀬　特にそういうことを教えられていなかったと思いますけれど、とにかく昔からずっと、不受不施派の人間はみんな堅物である、頑固である、ということは通り相場ですね。信仰に対する信義が大切なのです。ご法度をそれで三百年もしのいできたのですから。

谷川　そうですか。やはりそういうものに影響されているとお考えになりますか。

永瀬　我知らずにそういうことがあるんじゃないかと思いますね。

谷川さんのほうでは、結婚ということで、そういういろんな悩みはどうですか。

谷川　悩みはいっぱいあるんですけどね。それは、まだ齢が齢だから、なまなましすぎて淡々と話せるような段階ではないんですけれどね。ただ、ぼくは結婚というものに、ただ愛しているから一緒に住むということ以上の何かがあるんじゃないかと思っているんです。だから、契約という言葉は日本人には難しすぎてよくわからないけれど、制度としての結婚というものがあって、そういう制度のなかに自分が入って生活することに、ある安定を見出すという意味はあるんじゃないかな。
　だから、たとえば愛というものがある程度疑問になってきても、やはり結婚を続けていくことには意味があるんじゃないか、という考え方が一方であるものですから……。

永瀬　そうですね。私なども、相手が本当は弱いので私を必要としているんだ、と思わないとやっていけないところがありますね。主人が「おい、ネクタイ締めてくれ」、さらにワイシャツ、上着と次から次でしょう。最後に「おい、オーバー」です。そうすると、こん畜生と思って。そんなもの自分で着たらいいのにね。

谷川　それは典型的な亭主腕白ですね。

永瀬　そう。それで初めいつも怒っていたわけね。

谷川　そういうものは拒絶はなさらなかったんですか。

永瀬　友だちに言ったら、それは夫に対して「ありがとう」という気持が私に本当にあったら、夫に何を言われてもにっこりしてやれるはずだ、そうすれば夫のほうも次第に無理言わなくなるわ、と言いました。つまり夫が愛の欠乏症状なのね。でもね、いくらつとめても性質はあまり変わらないものですね。お百姓を始めて、私も主人と一緒に働いている最中でも「おい、鉢巻しめてくれ」とくるんですよ(笑)。

谷川　だいぶ世代が違うという感じだな。いまの考えでいくと、そういう亭主は女房がつくるものだという考え方がありますよね。

永瀬　息子などは、初めが悪いなんて言ってましたけれどね。もちろん、そういうこともあるかもしれませんけど、性格ということもあるし育ち方もあるし、一つわかってきたことはやはり齢とって運動神経の病気がでてきたことね。それが若いときから潜在していたので、ネクタイ一つでもとても不器用で結びにくかったのだと思うんです。私にはそこのところがわからなかったんです。悪口ばかり言ってるみたいですけれど、本人は真面目さと愛情というものがある人だから、それで今日までついてこれたんだと思います。そのことで一つ、先日あるところに書いた話をさせてくださいね。

それは、私の村から駅のあるところまでに、吉井川という大きな川が流れていますけれど、ときどき大水のために橋が流れたりして、町へ出るのに渡し舟で行ったり来たりしなければならないんです。ある日、夫が会社から帰ってきて、渡し舟に乗ろうと思ったら、ちょうど混雑時でみんなが一斉に船に飛び乗ったんです。そしたら舟が沈んでしまって、水際に近いところですけれど、びしょぬれになっちゃったんです。そのときは、娘も一緒に乗っていたので、走って帰るなり「いま、舟が沈んでね。おとうさんも乗っていたわよ、アッハッハ」と言うから、これは大変と、すぐ村のはずれまで迎えに出ましてね。そしたら、夫は私の顔を見ると「いまごろまで何しとったんだ！」と娘と反対にものすごく怒鳴るんです。まるで私が舟をひっくり返したように言うので私もプンとしていたんですよ。とにかくすぐとんで来たのですから。

そのすこしあとの日曜日だったかしら、今度は私が岡山へ出かけて、私がもう岡山へ着いたころに舟が沈んだという知らせがきたんです。私が行ったあとだったから私は乗っていなかったんですけれど、知らせを聞いた夫は私が乗っているものと思って、ひどくびっくりして、着物の前をはだけたなりで走って、走って……。舟のあるところまで一キロ半くらいあるのですけれど、そこをものすごい勢いで走っていったので、まわりの人はみんなびっくり。私が帰ってきたとき、みんなが「永瀬さんが渡し舟のところまで走っていったけど、大変な恰好でね。大将はものすごくあんたのこと思っているんだねえ」なんて言われちゃってね。私はあのときそんなに一所懸命には走らなかったから……。

谷川　それを反省しているわけですね(笑)。

永瀬　やっぱり、夫のほうがその点では純真だったなと思ってね。いつでもスタイリストで「肩で風切る永瀬の越つぁん」というふうだったのが、なりふりかまわず、走っていった。そういうことを考えると、こちらはいつも理屈っぽいことを考えているけれど、本当の点では負けることがたくさんあるんだと思うんですよ。それに、ソロバン勘定なんかあまりしない人ですから、私にとってはそれがとても楽なわけね。ケチで汚くソロバンを一所懸命はじくような人だったら、とてもここまで一緒にやってこれなかったと思うんです。

○

谷川 いままでのご自分の生き方をふり返ってみて、後悔はおありにならないですか。

永瀬 そうですね。もうこれしかなかったという感じですね。二度やってみても三度やってみても。

谷川 ただ、お嬢さんがどういう生活をしていらっしゃるのかわからないけれど、もしお嬢さんが似たようなことになってきたら、どういうふうにお思いになりますか。

永瀬 子供たちには、なるがままに任せてきましたね。大体、「私の選んだ人を見てください」でした。

谷川 もうちょっと一般論的に、永瀬さんのころの女性の生き方と、いまの若い人の生き方とは、変わっていくべきだと思っていらっしゃいますか。

永瀬 いまの若い人たちのことですか。

谷川　ええ。永瀬さんは、自分がいくらものを書く人間であっても、やはり家事はきちんとやらなきゃいけないと考えていらしたと思うんです。

永瀬　そうですね、そういうことは重荷になったかもしれないけど、でも、どうでしょうね。朝ごはんを食べさせないで子供や夫が出ていくというのは。私としては、女の人としてもう少し男の人たちにしてあげなきゃいけないんじゃないかと思うのね。いまは便利になったし、男の人たちも女の人のことをずいぶんいたわってるんでしょうけれども、共稼ぎしているところでは、奥さんとしては相当無理していると思いますね。私は、女は家庭にいろとは考えないのですけれど、外で働いて、家庭へ帰ってからまた無理をするわけですから、その無理をのけるためにも、男性の配慮がいるし、もし希望できれば女は女だけすべき仕事でやっていけるほうが本当は幸福なんじゃないかとも思いますけどね。でも男性が可哀そうなケースもかなりありますね。

いまは生活に追われて共働きをせざるを得なくなっていますし、無理をのけて考えればこまごましたことをするのは女の人のほうがむいてますから、好きでそのことに専心できるんだったらそれがいいんじゃないかと思うのね。女の人と男の人と性質が当然違いますから。

谷川　どういうところが一番違うんでしょうね。

永瀬　男の人のほうが物事を抽象的に考えるでしょう。この間タクシーに乗って、運転手さんに「今日はとてもいいお天気ですね」と私はつい言ったの。そしたらその運転手さんが「いま晴れているからといって今晩まで続くとはかぎらない。昨日も朝晴れていたが夕方には降った」って言うの(笑)。結局、その日は東京へ行ってもずいぶん天気がよかったんですけどね。それはともかく、男の人って、何か見方が目の前のことより一つ大きいでしょう。私などはいま現在の天気のことを考えるけれど、全体のことを考えたり、見渡してものを系統づけるとか、理屈を考えるという点では、やはり、男の人のほうがすばらしいですね。

谷川　その運転手さんも相当変わった人だなあ(笑)。でも、そういうのは本来の男の性質だとお考えになりますか。つまり社会制度によって、男がそういうところで働くことが多かったからそうなったということではなくて。

永瀬　きっと本来の性質というものがだいぶあると思いますね。古代以来、男が狩りをして、女が織物を織るという、そういう時代の積み重ねだから、そこまで言い切れるかわかりませんけれど、でも、男と女の性質はおいそれとは直らないんじゃないでしょうか。その問題は、どこから詩でどこから散文かわからないみたいに、混ざっているところがありましてね。私なんかが人間が堅苦しいのも、男性的な部分が多いからじゃないかしら。

谷川　それでも、永瀬さんは一貫してご自分が女であるということは見失わないでいらした、あるいは確信していらしたわけでしょう。

永瀬　どうでしょうかね。そういうことはあまり考えなかったような気がするんです。女というよりも先に、「わたし」ということがあるのです。いつもわたし、わたし。小さいころからそれは強かったですね。そういう性質だということは、別に誇りにもしなかったけれども、自分では認めていたわけね。利己主義という意味ではなくて一種のナルシスムなのかな？

谷川　他人とのつきあいなんかでも、女として男としてというより、まず人間としてつきあうことが基本にありますか。

永瀬　そういうことが多いんじゃないですか。だから女の人でも、あまり女っぽい人じゃなくて、少し骨のあるような人のほうが気が合いますね。

○

谷川　永瀬さんの詩のなかに「寂しい人生」という言葉があって、それを読んだときぼくはちょっとびっくりしたわけです。それから、先程もお聞きしたけれど、〈寂しさ〉ということもおっしゃってますよね。そういうときの寂しさというのはどういう寂しさだったんでしょうか。女としての寂しさというより人間としての……。

永瀬　人間としての寂しさだと思いますね。愛するということにおいて、人間であるからにはそう思う通りにならないことが自然ですね。それは、やはり人間としての寂しさでしょう、男や女に関わりなく。

私ばかりしゃべっているけれど、そこら辺のところ、谷川さんはいかがですか。

谷川　うーん。そのときの気分みたいなものがありますよね、寂しさというものには。だから、それを非常にはっきりしたものとしてとらえることはなかなかできないんだけれども、おそらくまず一つには、たとえば「諸国の天女」でお書きになったような、天女の寂しさみたいなものが、ものを書く人間には多かれ少なかれあるんじゃないかと思うんですね。自分がどこかうまく人間の世界に適合していないんじゃないか、みたいな──これは一種の思い上がりでもあるんだけれども。というよりも、むしろそれは、存在していること自体の寂しさというふうなものを感ずることがありますね。現実の寂しさというものはそういうものじゃないかもしれないけれども、ぼくは一種の非人間的な、人間社会のなかでの寂しさじゃなくて、人間対宇宙みたいなかたちで感じている寂しさというものを若いころから持っていたような気がして、そういう寂しさだけが寂しさだと思っていたところがあるんですね。

だけど、中年以後、もっとなまなましい人間の間の孤独、簡単に言うと、自身の身近な人間とうまく通じ合えない寂しさを感じるようにはなってきているんです。それは人間的な寂しさというよりも、むしろ男であることの寂しさ、つまり女との関係において感じる寂しさだろう……。異性との理想的な関係、それが実際あるのかないのかよくわからないけれども、そういうものを一方で夢想していて、現実には欠けていることの寂しさかもしれない。それは、宇宙的な寂しさにくらべると、肉体的な苦痛を伴っている。単に欲望とか何とかいうことじゃなくても、もっと身体に属している魂の渇きといえばいいのかな、そういうかたちで感じられるようになっているんですけどね。だから、永瀬さんが寂しさとおっしゃったときに、やはり身体に結びついた女としての寂しさなのかなと想像したんですけれど。

永瀬　近いようには思いますね。女の人が本当はどうあるべきかとか、ほかの人だったらどうするのかというのが、ちょっと私にもわかりにくい点もありますけど。私の場合でしたら、父や母との生活をうまく送っていたけど、そこにも最終的には一致しきれない一線があるし、それはまた子供もそうでしょう。人間であるかぎり寂しさはあります。本当にうまくいって、一生寂しさを感じないということは、人間には少ないんじゃないでしょうか。お互いの「もののあわれ」ですよ。

谷川　この対談では、相手をしてくださったほとんどの女性が仕事を持っていて、しかもそれが社会的に認められている方ばかりなんですよね。*だから、そういう方たちに寂しさがあるとしても、それはまたちょっと別なのかもしれない。たとえば結婚して、家事専業といえばいいのかしら、家庭の主婦としてやっている中年の人たちの感じている寂しさというのは、いまぼくが言った寂しさももちろんあるんだけれども、それと同時に、自分が広い社会のなかで何の位置ももっていないことの寂しさ。つまり、家庭のなかで夫の役には立っているのかもしれないけれど、その夫も自分を本当に愛しているのかどうかわからない。何か自分というものが他人の役に立っていないんじゃないか、そういう寂しさをもっている人が多いんですよね。

永瀬さんはその点では、もちろんご自分の意志で家庭の主婦であることを続けてこられたわけだけれども、やはり一貫してものを書いていらしたから、そういう寂しさは感じないですんだんじゃないかなとは思うんです。

永瀬　昔は、女の人がすることがたくさんあって、年がら年中忙しくて、たとえばお百姓していても、次から次へと季節に沿った仕事がたくさんあるわけでしょう。女の人にはそういう農作業のほかに仕事がありましてね。お盆まではお盆のために、枝豆やおいももちゃんと収穫できるようにしておくとか、お供えのお花も栽培しておかなきゃならない。お盆がすんだ次の日から、もうふとんの洗濯にかからなくてはならない。都会にいるとおふとんの洗濯などはいつでもできるものと思えるけれども、田舎ではちゃんと適期がありまして、お盆がすんでしばらくの間は非常に天気がよくて、ふとんの綿だけを筵《むしろ》の上に置いて外で干しておくととてもよく乾いてふわふわになるし、それからふとんを洗いにいく水も川にたっぷりある。九月になると、台風が来たりして空気が湿《しめ》るから、おふとんの綿もよく干せなくなるし、水田の関係で川の水もだんだん少なくなるわけですね。だからおふとん一つ干すにも、適期といったらほんのちょっとしかない。それが毎年のように、次から次へと追っかけてくるものですから、あまり虚しさとか寂しさとかいうものを感じないですんでいたわけですね。それに農家でも商家でも老人には老人の仕事やなすべきつとめがありましたからね。

最近、ものを書いている友だちが「もう子供もみんな結婚したんだし、これからは一人になって自分の仕事をしたい」って言うんですよ。息子さんたちがおばあちゃんと一緒に暮そう、子供をみてもらいたいと思っていても、それをうるさくていやなことだと思って、なるべく避けようとしている人が多いんです。でも、それは必ずしもよくないと思っているの。むしろ、もっと家族と一緒に暮して、自分ができるだけ若い人たちの悩み——共稼ぎしていたりでいろんな悩みがあるわけですから——を聞いて手助けしてあげるとか、できるだけ自分のことを彼らのために使ってほしいという望みのなかにこそ、自分の生きがいがあるんじゃないかと思っているんです。

確かに、本当は愛していなくて、嫌いな嫁だったら一緒にいたくないですね。ですから、息子や嫁さんたちをできるだけ愛するということが、試練なわけね。みんなのために自分が役立つということがものすごくうれしいことだろうと思って、「子供たちが東京から帰ってきて一緒に暮したいと言っているのよ、困ったわね」なんて言う人には「一緒に暮してあげなさいよ」と励ますことにしているの。

谷川　それはよくわかるんだけど、ぼくの場合、やはり自分の母親の老い方を見ているとね、一緒に暮しても丈夫なうちはいいけれども、病弱になって、とくにぼけたりして、それが子供たちの負担になることがとても怖ろしいということがありますね。だから、かえって離れて住んで、そういうときに子供たちの負担にならないような老い方を考えていかないといけない、という気持は相当あるんです。もしかすると、そういう方々の間にも、そうした考えがあるんじゃないでしょうか。

永瀬　だけど、もし病気になったときは、一人ぼっちだったら、なおつらいこともありますね。

谷川　もちろんそうです。だけど、それが子供にどれだけ負担になるかということを見てしまうとね、一人ぼっちで死んだほうがまだしも子供の役に立つと言えばいいのかな……。

もちろん孫の子守りをしたり、家事を手伝ってやるということは喜びなんだろうけれど、それが続けられる間はいいけど、もしそうでなくなったらどうしようかという恐怖があるんです。

永瀬　そうですね。いろいろな場合があるから、一つには決められない。難しい問題ですね。他人にはできない自分ならではの仕事を持つこととか、みんなの役に立つこととか、健康。これらがとても貴重ですね。

○

谷川　永瀬さんはご自分の老いというものをときどきお書きになっていますけど、そういうことをお感じになるようになったのはおいくつぐらいのときからですか。

永瀬　『短章集』の初めのころね。昭和四十七年か八年ころ。吉本隆明さんに会ったら、吉本さんが「ほかの詩人は齢とってくると書かなくなるのに、永瀬さんはいまも書いている。これはほかにはあまりないと思う」と言われてね、それはほめてくださっているんだけれど、私はそんなに齢とっているのかなとぎょっとしちゃって(笑)。

谷川　ずいぶんおくてですね(笑)。六十代におなりになってからでしょう。それまでは、老いということは全然お感じにならなかったですか。

永瀬　いま、私の家では私だけが丈夫で、主人が身体が不自由ですし、一緒に暮している娘もリューマチがありましてちょっと不自由なんです。娘にはいろいろと手伝ってもらっているけど、そんなに丈夫でないんですよ。だから助け合わなければできないことばかりあって、私が早く死んだら二人とも困りますからね。それに貧乏暇なしということで、あまり齢とっていられないんだと思いますね。

それで、私が経済的な面でもせっせと何とかしなくてはならなくなったんですけど、本当言うと私はあまりその能力はなくてね。ただ、小さいときに経済的な心配せずに暮していたから、切羽詰っていてもあまりいらいらしないで、何とかなると楽観してるところがあってね。主人もそうなんだろうと思いますけど、とにかく、いままでどうやらやってきてしまった。

谷川　そういうことについて、ご自分が犠牲になったという感じは、お持ちになっておられませんか。

永瀬　そんなことないですね。みんなわが身ですから。

谷川　愛情というのは、そういう自己犠牲が伴わなければいけないと思っていらっしゃる……。

永瀬　できるだけみんなのために尽さなきゃということがあっても、あまり犠牲とは思っていないですね。つまり、働くことのなかには必ず自分を生かす面が伴っているという気持があるんです。お百姓しているときには、ものを書く暇がなかろうと思っていたけれども、さっきも言ったように、うんと働いていると夜はかえってぐっすり眠れるわけね。そうすると短い時間寝て、目がぱっとはっきりあく。そういうことで、思っていなかったプラスがあったわけですね。

昭和三十八年から「世界連邦」の事務局に勤めましたが、今日は行くのがいやだなと思っても、どうしても起きて勤め先に行くもんですから、身体も丈夫になった。そういう逆のプラスが、そこに必ず隠されているのね。そうやって、私はやってきたんじゃないかと思うんです。また、病気でじっとしていても私にできない面で夫は一家をカバーしてくれてたからできたことだと思います。

谷川　たとえご主人に対しては、自分の愛情の不足ということを疑問に思っていらしたとしても、永瀬さんという方は、ほかに愛するものをたくさん持っていらしたという印象があるんです。たとえば、道端のほんのちょっとした風景を見ても、あるいは植物を見ても、天気を見ても、そういうわりと現世の具体的な事物をとても愛していらして、実際は非常に愛情の豊かな人だと『短章集』を拝見しても思うんです。

永瀬　私にはそれがうれしいわけね。天気であるということだけで。冬だったら裸木だし、落葉もすっかりなくなって風景としてあまり面白さがないようだけれども、そうすると、ますます光が輝いているのがよく見えたりして……。自然の美しさをとてもうれしく思う気持はあります。それはとてもありがたい賜物かもしれませんね。

谷川　それは生まれつきのものだと思いますけれど、やはり幼年時代を幸せに過ごされたということもあるんじゃないでしょうか。

永瀬　そうですねえ。そういうこともあるかもしれません。見聞きするものがすべて興味があるのです。意味を知りたい、というか……。よさへの貪欲というか……。

谷川　ご自分で、そういうことを意識してそうなすったわけじゃないでしょう。

永瀬　ええ、そんなことはないですね。でも、みんなそういう気持ってあるんじゃないですか。私なんかより、もっとうまく活かしている人もいますよ。この間、津山で詩の朗読をして帰るときに、お土産だといって、きれいに塗った容れ物のなかに、お手製の沢庵とお菜の漬けもの、奈良漬と柚子の皮のママレードみたいなものをカラフルにきれいに詰めてあり、それに本物の赤い紅葉《もみじ》がパラパラと散らしてあるの。そういう心尽しというのは、私では及ばないなと思ったりするんですが、みんなそれぞれに何かしら美に対する憧れをもっているんだと思います。

岡山にはいい友だちがたくさんいましてね。私は、岡山の女の人をほめて書いたことがあるんです。田舎はみんな男尊女卑だろうと思っていたけれど、そうじゃないのね。惣寄りといって、村の人たちの会合があるんですが、そのときに難しい問題が出て、どうしようかという判断に迫られると、おじさんたちがみな、「去《い》んで、おなごに聞いてみにゃあ」って言うんですよ。逆に、女の人たちは自分の村のことも、家のこともちゃんとわかっていて、少しも迷わないでこたえをきちんと出すわけ。

昔、〃いがみのごん太〃みたいな、無茶ばかり言う人がいてね、「どうしても町会議員選挙に立候補するんだ」とごねたの。みんな困っちゃって四部落の人が集まって相談をしたんだけれども、男の人たちは「皆さまのよろしきように」「皆さまのよろしきように」って(笑)。一方、女の人たちはそのごねている人に「あんたはまだ若いし、いまは町が合併したばかりの大事なときだから、もっと経験のある人に出てもらわなきゃ。あんたはもう少し後にしなさいよ」と説得するの。私はそれを見ていて驚いちゃいましたね。

谷川　たとえば、さっき話題になった「村にて」とか「木蔭の人」という詩ね、ぼくは非常に好きなんですね。つまり、とっても微妙な永瀬さんの感情が出ていて。そこで、細君たちがちょっと焼きもちを焼くみたいなことがあって、うまくお友だちになれなかったんじゃないかと思うけれど、そういう、一種ボーイフレンドみたいな人は、永瀬さんにおありになるんですか。

永瀬　ボーイフレンドですか。そうですねえ、友だちはわりに多いんです。年寄りにも若い人にも。でもボーイフレンドというほどの親しい人はありませんねえ。

谷川　たとえば、ご主人に対してある不満をお持ちになるときにね、そういうことをわりに自由に話し合えるような男友だち？

永瀬　あまりそういうことは話さないですね。かえって、むこうのほうが自分の細君がこれこれだとか(笑)。私はもっぱら聞き役にまわっているんです。

谷川　「村にて」とか「木蔭の人」の時期というのは、永瀬さんのなかにボーイフレンドのごとき存在を求める気持の動きがおありになったと思うんですけどね。

永瀬　そうね、あったかもしれません。でも、村の人たちとは、一人だけと仲よくしたりできませんからね。

谷川　いまはそういう気持はないですか。

永瀬　とくに仲のいい人っていないですね。でも私の詩を見ていてくださる人は何人かいたし、いまもいます。

谷川さんは、フレンドがありますか。

谷川　ぼくは数年前までは、そういう友だちが必要なかった人間なんですね。一人っ子であるというせいもあって、一人でいるのがわりあい上手で、また一番愉しくてね。だけど、さっき言ったような寂しさを感じるようになってからは、わりあい積極的にそういう友だちを求めるようになりましたね。いまではむしろ、友だちと話したりするのが愉しくなってきてるんです。以前は、何か会があっても、その二次会につきあうなんてことはほとんどなかったけれど、このごろは何となく二次会までつきあって、べちゃべちゃおしゃべりしているというふうになりつつありますね。

○

谷川　いまのところは、男性主導型の社会のなかで、女性が少しバランスを回復しようと思って、行き過ぎるぐらいに男の後をくっついてきているという印象がぼくはあるんですよね。だから、女性と男性が本質的にどういうふうに違うかということが、もう少しわかってこないと、結局女性が男性化するに過ぎない。で、男が犯した誤りをまた女が犯すのを見るには忍びないというところがあるわけです。

現実問題としては、女は相当に突っ張らないと、男の価値観というものは崩せない。女自身が、まだ女独自の、男に対抗するだけの新しい価値みたいなものをはっきりつかんでいないというふうに思うんだけれども。

永瀬　そうですね。ただ、若干、女の課長さんができたとか、外交官ができたとかいうことだけではあまり安心できませんね。

谷川　そう思いますね。いい管弦楽の指揮者に女はいないとかいうことが出てくるときに、それは、いままでのいろいろな制度とか、われわれの習慣とかいうもので、女がいい指揮者、いいコックになるだけの環境がなかったからそうなのか、それとも本質的に女は指揮者とかコックにむいていないのか、結論が非常に出しにくい問題ですね。

ぼくは基本的に女と男の身体の構造が違っていて、女が自分のお腹のなかに九か月も、森崎和江さんのおっしゃるように、いったい自分自身だか、他者だかわからないものを抱え込むということは、男と女を決定的にわけていることだと思うんです。そこを中心にして考えると、やはり女と男は違っていなければならないし、違っていなければつまらないし、同じになりようがない、と考えているんです。

永瀬　もっと女の人が音楽の勉強をすすんでやるようになれば、自然に女の指揮者というのもやがて出てきますよね。だけど、もちろん指揮者になれるということにも、いろいろと要素、素質がいりますから、だれもかれもがなれるはずはないのですけれども、いい女の指揮者がいないというのはいままで女の人がそういう勉強をしていなかったという社会的影響もありますわね。女の人にもいろいろいて一概には言えないけれども、女全体からすれば、女の人に得意な点と男の人に得意な点とでは、かなり差があるということは思いますね。男女同権は当然なのですが「それだけ」では私は満足できませんね。社会にとっても個人にも、その女がなくちゃならぬ者にならなければ。

谷川　家事とか育児に関してはね、女と男の差異というのはあまりないような気がしますよ。

永瀬　そうね、うちの息子でも、朝ごはんは当番制で、結構やっているみたい。でも、主人なんかお茶もいっぺんも入れてくれたことないですね。しかし、それくらいのことは何でもありませんよ。熊山町で男性と女性が話し合いしたことがあり、家事はそんなにいそがしいことがよくわかったから、これからは男は朝の掃除を分担するようにしよう、と男性側の結論がでたのです。すると「それはありがたいけれど必ずしも箒を持ってほしいのではなく、ほしいのは『理解』と『いたわり』ぢゃ」と女の人一同の返事でした。

人間としては、夫は正直だし、いいとこのある人だけれど、やっぱりもう少し「だましてください」ですね。この詩は朗読でも一番アンコールがあるんです。時代にかかわらずみんな、いくらかそんな気持があるらしいのですね。だれも、やさしいはげましが要るのです。

谷川 男は「だましてくださいい言葉やさしく」とは、いまの社会では書きませんよね。やはり、あれは女性の詩なんでしょうね。

永瀬 自分で言うのもおかしいけれど、私はその詩を読むと、いまでもつい涙が出ます。

谷川 いまの若い世代では、むしろ男は言葉やさしくだまし過ぎているんじゃないかな。実質がなくて、それだけなんじゃないかという気がするけれど。

永瀬 そういうことはありますね。だから、「だましてください」と言うその相手は、やはり真面目なというか、決してうそを言わないような、そういう性質の人に対してでなければ言わない言葉なんですね。だれにでもだまされてはね(笑)。

(岡山市内の料亭「山留」にて　1981.1.26)

＊永瀬清子のほか、奥川幸子、中島みゆき、原ひろ子、ぱくきょんみ、森崎和江の六人と谷川俊太郎との対談の記録が、『やさしさを教えてほしい』(朝日出版社、一九八一年)にまとめられている。

《研究ノート》

白根直子

永瀬清子は、一九〇六年二月十七日に岡山県赤磐郡豊田《とよた》村《そん》松木（現・岡山県赤磐市松木）で生まれ、二歳から十六歳までの多感な時期を父の赴任地・金沢で過ごし、名古屋に暮らす十七歳のとき『上田敏詩集』（玄文社）を読んで詩人を志した。佐藤惣之助に師事し、詩人として歩みはじめ、宮沢賢治の詩集『春と修羅』を手にして以来、終生宮沢賢治に憧れ、ともに歩む人として慕った。結婚により大阪、東京で暮らし、戦中に郷里の岡山へ帰り、一九九五年二月十七日に亡くなるまでの約七十年間詩を書き続け、生涯現役の詩人を貫いた。

永瀬清子の詩の魅力はいろいろあるが、詩の題材が多彩で生活に根ざしており、書かれた詩の世界が共感しやすく、読者それぞれが自分の人生のステージに合わせて読むことができるところにあるといえよう。たとえば、多感な時期の悩み、結婚生活や家族のこと、生活の中での驚きや発見、山川草木、四季の移ろい、老いについてなど、永瀬清子の詩を読むことで、過去の自分を振り返り、今の自分の在り方を考える、あるいはこれから行く道の道しるべとするなど、今を生きる私たちにも学ぶところがあり、世界を新しい見方で眺めることを可能としてくれる。

以下、永瀬清子の作品を読むに際して知っておきたい二つのポイントについて簡潔に記しておきたい。

一　テクストの変遷について

本書巻末の「編集付記」に「永瀬清子は一つの作品を何度も書き直した詩人である。本詩集に収録するにあたっては、それぞれの作品の最終形(最後に発表されたもの)を採用した。ただし目次上は、そうした最終形を当該の作品が初めて収録された詩人の単著である単行詩集の中に組み入れた」とあるように、本書には、詩、短章の最終形が収録されている。永瀬清子は、初出誌の詩を改稿して詩集に収録し、さらにアンソロジーに収録する際にも改稿を行うことがあった。そのため初出誌から初出の詩集、再録された詩集までの変遷をたどることで、その詩をどのように考えて書いていたかが浮かび上がってくる。

まず、代表作のひとつである詩「大いなる樹木」を例にしてみよう。この詩の初出誌は、『蝋人形』第一三巻第一〇号(一九四二年十月)で、その二か月後に詩集『現代詩　昭和十七年秋季版』(河出書房、一九四二年十二月)に収録された際には、題名を変え、仮名遣いや詩句などが加筆修正されている。

大いなる樹木

我は大いなる樹木とならん
そのみどり濃き円錐の静もりて
宿れるものゝ窺ひ得ざるまで。
素足を水に垂るごと
人知れぬ地下の流れを
わが根の汲めるよろこびにまで。
されど我がしげき枝と葉の
おくれ毛のごと微風に応へん。
誰よりも薔薇なす朝の光に先ず覚めん。

地にしるす青き翳の
れえすの裳のごとくひろがりて
われが想ひのやさしからん。
樹はゆかず
樹は云はず
されど天の子どもの降り且昇る梯子ならん。
嵐の日
戦ひの神々そのもの丶形相《さま》を顕はし
我は大いならん勁からん。
されど樹液の流れみだるなく
やがて又ほ丶えみの唄をさ丶やかん。
夜の来たらば闇に溶け去りて
その唄のみは見えぬさゞなみとならん。

我は大いなる樹木とならん

(『蝋人形』第一三巻第一〇号より)

我は大いなる樹木とならん
そのみどり濃き円錐の静もりて
宿れるものゝ窺ひ得ざるまで。
素足を水に垂るゝごと
人知れぬ地下の流れを
わが根の汲めるよろこびにまで。
されど我がしげき枝と葉の
おくれ毛のごと微風に応へん
誰よりも薔薇なす朝の光に先づ覚めん。
地にしるす青き翳の
れえすの裳のごとくひろがりて
わが想ひのやさしからん。
樹はゆかず
樹は云はず
されど天の子供の降り且昇る梯子ならん。

嵐の日
戦ひの神そのものゝ形相《さま》を顕はし
我は勁からん大いならん。
されど樹液の流れみだるゝなく
瘡痍さへあをくすゞしき匂ひをはなち
やがて又ほゝゑみの唄をさゝやかん。
緻密なる年輪の波紋もて
わが幹は堅からんゆるぎなからん。
われを視る人おのづからゆたけさとやすらひの心をいだかん。
夜の来たらば闇に溶け去りて
その唄のみは見えざるさゞなみとならん。

(『現代詩　昭和十七年秋季版』より)

単行詩集『大いなる樹木』(桜井書店、一九四七年)収録時には、連で分けて詩句を書き加えるなどさらに改稿されている。
初出形から大幅に加筆された詩もある。単行詩集『海は陸へと』(思潮社、一九七二年)

所収の詩「息子の結婚」は、次男の結婚を題材としており、永瀬清子主宰の詩誌『黄薔薇』第七〇号(一九七一年四月)が初出誌である。

息子の結婚

人間と云う星くらいさびしい星はない
それは息子の結婚と云うことがあるからです
宇宙の中で
大きな網目にとらわれ
或る日突然羽をもがれるのです

でこぼこの横顔でまわっている時
地球は沢山の葩や枯葉や雲垢をおとす
そのはげしい無情は
いつもは自然のおゝどかさにかくされている。
それまで自分の目的のように願われて

たのしい光の椅子に思われて
はなばなしい最後の討入りとも気負われて
そしてその日がくるまでは意味を気づかず
成就は完全な脱落です。

いなづまの早さで
かくされていたことは顕われる
人間はお前の自由な意志で生きるのではないと
神の斧のようにあざやかに
弔旗の上にしるされているのです。

（『黄薔薇』第七〇号より）

初出誌では三連だった詩が、単行詩集収録時には八連の詩に改稿されている。第六連の最終行は、『海は陸へと』、『永瀬清子詩集』（思潮社、一九七九年）、『永瀬清子詩集』（現代詩文庫、一九九〇年）で異同があり、「息子の結婚」への複雑な思いが細やかな改稿からうかがえる。

これらとはまったく性格が異なるが、たとえば詩「弥生のもみじ――ある人に」などは、はじめて単行詩集『あけがたにくる人よ』(思潮社、一九八七年)に収録された際は、「縄文のもみじ――ある人に」であったが、『永瀬清子詩集』(現代詩文庫、一九九〇年)では「弥生のもみじ――ある人に」と題名や詩句が修正された。詩の舞台となった遺跡は、一九八六年から一九八七年にかけて発掘調査された岡山市の南方釜田遺跡(第一次)であり、その年代は、『南方釜田遺跡現地説明会資料』(岡山市教育委員会・福武書店本社建設事業埋蔵文化財調査委員会、一九八六年八月)に、「江戸時代から弥生時代後期末まで一六枚(二六の時期)の水田遺構面を確認しています」とある。ゆえにこの改題は、単行詩集刊行後に事実関係を再確認した永瀬が発掘調査の成果を意識して行ったものと考えることができるだろう。

本書では、以上のようなテクストの変遷をふまえつつ、作品初出の単行詩集と作品の最終形を参照できるように編まれている。

二　詩・短章・散文――形式の書き分け

永瀬清子には、詩と散文の間にある短章という形式で書かれた文章がある。永瀬清子は、短章について「詩そのものよりずっと楽な姿ですが、「詩」と対蹠する意味の「散文」(つまり随筆とかエッセイ)でもない上に、「散文詩」と云うほど風采とのわないのです」(「あとがき」『短章集』思潮社、一九七四年)と説明している。つまり、詩と散文の間にある位置づけの形式といえよう。では、いつ頃から書きはじめたのだろうか。

私がこういうたものを書きはじめたのはずっと早く、昭和の一桁の頃からで、詩集『諸国の天女』(昭和十五年刊)の後半にそれらを書きとめて入れています。詩集にふくらみができてよかったと云って下さった方もあり、純粋な詩作品だけの方がすっきりしたのに、と云った方もあります。

(『流れる髪　短章集2』「あとがき」より、傍点は筆者)

「こういうたもの」すなわち短章を書きはじめたのは、「昭和の一桁の頃から」とあるように、詩集『グレンデルの母親』の「詩集例言」には、すでに「短章」の語が見られる。短章を詩集『諸国の天女』に収録した理由について、「跋」では、詩「流れるごとく書けよ」を念頭にこう書いている。

この詩集に世の所謂純粋な「詩」以外のものをとり入れた事は、ある人には混雑と不純とに思はれるかも知れません。即ち、第二部の枠外帳以下はせまい意味の「詩」の意識よりいくらか自由な立場からかいたもので、私の独自な意味での自由詩とでも云ふべきものでせう。

しかし「あらゆることを詩で想ひ、あらゆることを詩せよ」と云ふ私の詩句の通り詩の題材は無限であることを私は信じ、又、これらのアフォリズムが私の詩精神と切りはなすべきものでない、と云ふよりはむしろ何よりも「詩人」としての私が思念したものと云ふべきなので、混雑をあへて意にしないで一ツの詩集の中へ入れることにいたしました。

（『諸国の天女』「跋」より）

このように「所謂純粋な「詩」以外のものをとり入れ」ることで、無限にある「詩の題材」を書きつづけていくことを願い、そのように書き続ける短章を「私の詩精神と切りはなすべきものでない」と、詩作において重要な位置にあることを述べている。

永瀬清子は、詩・短章・散文の書き分けを「内面のリズムに従って書く時、「詩」「短章」と考え、「散文」というのはその事よりも、伝えたい事、聞いてほしい事実、にウエートがかかり、つまりはリズムの力をアテにしていません」と意識している（「詩・リズム・定形」『黄薔薇』一二六号、一九九〇年六月）。そのため「私は散文を書く時は、新聞の読者にみなわかるという目標です。詩をかく時は目に見えぬ最上の友が標準です」と読者を想定している（「座談会　自然と文学」『女人随筆』第四号、一九六九年六月）。こうした形式の書き分けの鍵となる「リズム」について、短章「ある詩論（二）」では、「リズムの存在は受けとり方をスムーズにし、また、脳髄へのきざみこみをたしかにする」と、「リズム」とは言葉そのものを自然に記憶する力と捉えていることに注意しておきたい。

　こうした永瀬清子の仕事をたどっていくと、詩と同じ題材を短章や随筆として発表している例に出会う。詩「てんぷらを食べさせようと思えば」と短章「あの頃は」が、同じ題材を扱っていることは、一目瞭然であろう。

　また、本書に収録されている詩「星と扁桃腺」は、以下の短章「幼かりし日　a天体」を変奏したものである。

　幼稚園の遊戯室の床にはいろいろの色で大きな同心円が描いてあり、まるく輪になって遊戯する時はその円に添って並んだり進んだりするのであった。その色は毛糸の玉でつくられたフレーベルの恩物と同じく、赤、樺、黄、緑、青、紫、であった。つまりすこし色あせてはいるものの虹の中で遊ぶ事になるのであった。

日曜日にはそこが日曜学校の教室として使用された。小さな椅子に並んでいる私たちにむかい、ナイトウ先生は、旧約の天地創造の話をするため、椅子に立てかけた小さい黒板をさして
「××ちゃん、ここへ出てお日様の絵を描いて下さい。△△ちゃんはお月様を描いて下さい。キヨちゃん、あなたはお星様を描いてね」と云った。

お日様もお月様もそれぞれよく描けたが、私が考え考え描いたお星様は金平糖のように沢山のギザギザがあり、ミス・ナイトウは小首をかたむけた。

「あら、あら。そんなに沢山のギザギザ。お星様のギザギザは五つでいいのよ」

と云って描きなおさせた。

夜空の星をそんなにくわしく見ていたわけではないので私は小さい心に先生の物識りに感心したが、そのことを今だに忘れないのは、失敗に対する云い知れぬ恥かしさと共に、それでも私の描いた星の方が、本当に自分に見えたお星様に近いのに、と不服に思ったからだ。

私の眼にその金平糖のような星がいまもはっきり浮かぶのは、考えれば何という執念。その時私は四、五歳くらい、そしてその時はまだ明治の世の中であった。

短章は一九七七年二月刊の『流れる髪　短章集2』(思潮社)に、詩は一九九〇年一月刊の『卑弥呼よ卑弥呼』(手帖舎)に収められた。なお、同じモチーフを扱った随筆「幼かりし日々」が、一九九〇年六月刊の『すぎ去ればすべてなつかしい日々』(福武書店)に収録されている。

詩は随筆に書いた題材からも生まれている。詩「唇の釘」の題材となった女形の文楽人形への驚きは、随筆集『うぐいすの招き』(れんが書房新社、一九八三年)、随筆集『光っている窓』(編集工房ノア、一九八四年)にそれぞれ表現を変えて詳述されている。

人形たちはそれぞれの年齢、性格、運命をあらわしているが、いまや語りや所作から解放され、魂ぬかれた姿でダラリとかかっている。けれども何となしギョッとするようなものがただよい、美しい顔、男らしい姿、ひょうきんな風の人形でありながら、どことなく本当の人間とちがったドギモを抜くような、劇をはらんでいるのである。

楽屋には見学の女学生など十人以上も円く坐った。玉松さんは女形の人形を遣って手や顔の動かし方を説明して下さった。

ほんの一寸した身ぶりですごく女らしいしなが表現され、逆に生きている筈のこちらが、まるでデクの坊の様に思える。やってごらんなさい、ここをこう動かすのです、と人形の胴体の中に手を入れさせて下さったが、デクの私にはどうにもならない。アカンアカンとすぐお渡しした。

そのうち人形の唇のわきに鍵形の小さい針金が出ているのに気がついた。それは女の人形が泣くまいと悲しみをこらえる時、袖口を嚙みしめるため、歯のかわりに袖を引っかける曲った釘なのであった。

普通には少しも見えないが、ビラビラのかんざしのお姫様であれ、老女形であれ、女の人形にはみなそうした仕掛が口のわきに取りつけられているので、これこそは私が何となくギョッとした事の真の原因の一つかもしれず、日本の女の嘆き苦しみの象徴とも思えて、すごい感じがせずにいられなかった。

（『うぐいすの招き』「唇の釘（一九七七年）——文楽の人形と人間」より）

永瀬清子は、心に強く刻み込まれた驚きを随筆に書き、時間をかけて詩の言葉に変えていったことがうかがえる。

最後に、形式の書き分けについて、前掲のように「内面のリズムに従って書く時、

「詩」「短章」と考え」、「リズム」とは言葉そのものを自然に記憶する力と捉えるならば、短章「詩とは」にも注意しておきたい。

詩というのは、「記憶に価する言葉の流れ」ではなかろうか。だから記憶に役立つため、すべての流れにくい煩瑣なごみごみをとりのけなくてはならぬ。

永瀬清子は、どうしても伝えておきたいことを詩・短章・散文に書き続けた。それは、永瀬清子でなければ書けない「記憶に価する言葉の流れ」とその流れをつくる「リズム」をつかむことだったのではないか。ならば、詩に至るため「すべての流れにくい煩瑣なごみごみをとりのけ」る過程としての短章と散文について考えていくことは、永瀬清子の詩を知るためにも必要であろう。

「詩の題材は無限である」と信じ、「あらゆることを詩で想ひ、あらゆることを詩せよ」と考えた永瀬清子。その詩を読むことは、永瀬清子の思考の跡をたどることでもある。このようなテクストの変遷や形式の書き分けについて考えていくことで、より広く深く永瀬清子の詩を味わうことができるのではないだろうか。

（二〇二三年六月）

永瀬清子自筆年譜

一九〇六(明治三十九)年　〇歳
二月十七日、永瀬連太郎、八重野の長女として岡山県熊山町(当時豊田村)に生まれる。
一九〇八(明治四十一)年　二歳
父の金沢電気(瓦斯株式)会社赴任と共に一家金沢へ移住した。
一九〇九(明治四十二)年　三歳
私立英和幼稚園へ入園。この幼稚園はミッションスクールの北陸女学校の附属幼稚園で、園長はカナダの人、ミス・ジョンストン先生であった。ここに三年間通った。のちに同じ幼稚園に中原中也も通っていたことを知る。ジョンストン先生は匂いの高い薔薇の花束やクリスマスケーキを時々とどけて下さった。まだロングスカートの時代であった。
一九一二(大正元)年　六歳
石川県師範学校附属小学校へ入学。四年の時から男子師範のみ郊外に新築分離したので、石川県女子師範附属小学校となった。三年生頃より公園の図書館へいき児童室で日本お伽話、世界お伽話などをよみふけった。またその頃、父の勤務先は金沢市電気局と名称を変え、父は局長となった。

一九一八(大正七)年　十二歳
石川県立第二高等女学校へ入学。但し、同校は女子師範と同じ敷地内にあり、前と同じく広坂通りに通った。

一九二二(大正十一)年　十六歳
同校卒業。北陸女学校の補習科に入る。四月より第四高等学校の鴻巣盛広先生の万葉集の講義をききに尾山神社へ通う。女学生は私一人で、あとは石川県歌道婦人会のおば様、神官、中学校の教師などであった。またこの一、二年は江戸時代の随筆、中でも上田秋成の「雨月物語」などよみふけり、小説としては泉鏡花にひかれた。但し、世話がかったものでなく、「草迷宮」などをくりかえし読んだ。しかし、金沢時代は若干の短歌をつくったのみで、まだ現代詩の世界は知らなかった。ただ、この大正時代にはダンテの五百年記念やワグナーの百年記念があり、新聞にその作品、楽劇等のくわしい紹介が出たので、日本文学に到底みられぬ壮大な構想や迫力に非常におどろいた。小学校の同窓生らと同人誌を作ろうとしたが成らなかった。秋、十月、父が名古屋市電気局へ転じたため、一家名古屋へ移った。

一九二四(大正十三)年　十八歳

上級学校へ行きたかったが許されなかったのを、この年、愛知県立第一高等女学校に高等科が創立されたのでその英語科へ入学することができた。この頃から次第に詩を書くことを自分の仕事と思いはじめたため、自分の得手の国語科でなく、すこしでも広い世界をのぞきみたいと英語科を選んだ。それには前年『上田敏詩集』をたまたま読んだことも関係している。詩を書くことを自分の仕事と思ったのは、すべて世の中に自分の意に反することばかりが多く、しかも、自分がそれに反対したり、いい解くことが決してできないから、もし人に自分の本意が理解されなくても、自分の心を自分の言葉で書いておきたい、ということにあったのだと思う。つまりは、誰か一人でもやがて自分の真意を理解してくれる人のあることを望んだからである。在学中、吉岡千里先生およびその友人である宮川哲朗先生が私の詩人への道を気づき、鞭撻して下さった。柏崎の人宮川先生は何回も名古屋を訪れ、私のために個人の講義を重ねて下さった。私はそれによりタゴールやブレークの詩を読むことになった。また雑誌「日本詩人」により、現代のわが国の詩のあり方を見知った。そして縁あって佐藤惣之助師に私の詩の実作をみてもらった。師は多彩な言葉を盛りこぼれるほど持ち、また師は空想力の豊富な方であったから、個々の弟子をそれぞれに導かれたが、私は、師によって多くの私としてのプラスを得た。なお「新生」(主宰高木斐瑳雄)という名古屋の同人誌を紹介して下さったのでそこに作品をのせはじめた。また「詩之家」という同人誌を発刊されたので、それにも加わった。高等科を卒業ししばらくして(長船越夫と)結婚し、大阪の京阪沿線森小路に新居をもった。そこは住宅地としてのはずれにあり、淀川のほとりの広い草原に面し、みわたすかぎりの草は人の丈を越すくらいの場所もあった。

一九二八(昭和三)年　二十二歳

夏、満州への途上佐藤師来訪。秋、長女美緒が生まれた。「詩之家」の同人は大阪に三十名ほどもいたが、そのうち夢野草一、吉岡清橘、矢野清、岩田潔それに私とで「五人」といううすい同人誌をつくった。サブタイトルを「草一・キヨたち」としたのは、夢野さんだけが年配者であとは皆キヨという名であったからで、草で引き結んでもらったという形であった。そのころ「詩と詩論」が詩壇を席巻し、大阪のすべての詩人がその影響をうけていたともいえそうだった。私だけがなぜシュールに染まらないかと始終非難されたが、私は自分の書きたいことが、シュールやモダニズムを必要としていないため、いつも致し方なかった。

一九三〇(昭和五)年　二十四歳

七月、井上淑子編『日本女性詩(人)集』に詩二篇をのせた。秋、最初の詩集『グレンデルの母親』(歌人房)刊。佐藤師が力ある跋を書いて下さった。装幀は妹尾正彦に依頼し、純黄の地に、黒い磁針の走っている印象的なカバーであった。

一九三一(昭和六)年　二十五歳

喜志邦三氏はじめ多くの大阪の詩人が出版記念会を開いて下さったが、それを最後に四月、夫の転任により上京。岩田潔はその前から北川冬彦氏の第一次「時間」に加わっており、私にもそこへ入るようにしきりにすすめた。北川氏の詩集『戦争』を読み、上京を機にはじめてお訪ねし、「時間」への加入を決定した。それで佐藤師に、しばらく新しい勉強をしたいからと、お許しを乞うて「詩之家」を去った。が、北川さんは「時間」の他のメンバーの抒情的な詩にあきたらず、私の訪問の直後、自ら「時間」を解散し、井上良雄、神保光太郎など三高関係の若い人々を加えて「磁場」を創刊された。「磁場」という題名は、私の選んだものであった。満州事変など、時代の流れは次第にきびしさを加え、左翼の興隆は当局の一層の弾圧をもたらし、さまざまの難儀がふりかかった。身辺に地下へ潜る人もふえた。「磁場」は「麺麭《パン》」と改題していたが、このような時期に詩人の道をどこに求めるかに苦労した。私ははたして自分らしい詩を書いているのかどうか、悩むこともしばしばあった。抒情的な人々、三好達治、丸山薫氏らはやがて「四季」として一派をひらかれた。

一九三三(昭和八)年　二十七歳

二月、長男、春来生まれる。春、草野心平氏が宮沢賢治の『春と修羅』をもたらされた。一読忘れていたものをみて覚醒する思いあり。感想を「麺麭」八月号に書く。その号を宮沢氏に贈ろうとしたが住所不明につきはたさず。

一九三四(昭和九)年　二十八歳

二月、宮沢追悼会を新宿「モナミ」で催すべきハガキを受けとる。「モナミ」は京王ビルの地下にあり、その時はじめて高村光太郎、尾崎喜八、逸見猶吉、その他の詩人たちに逢う。また、その時、宮沢清六氏その他花巻の人々らに賢治像を示され、おぼろげながらそこに今までの自分の詩への向き方と大きな差のある人の存在を知った。この時

「雨ニモマケズ」の手帳発見された。

一九三五（昭和十）年　二十九歳

小熊秀雄にはじめて逢う。新宿「オリンピック」での『小熊秀雄詩集』の出版記念会に出席。このころ民俗学の講座に一年かよい、柳田国男、折口信夫先生などの講義をきく。

一九三七（昭和十二）年　三十一歳

二月、次女奈緒生まれる。三月、父歿、六月、舅歿。七月、支那事変はじまり夫の応召、東京駅は兵隊と歓送者とで身動きもできぬほどであった。夫は岡山四十八聯隊へ入隊。夏休み中、子供をつれて岡山へ帰る。秋、夫は中国へ出征した。この年は乳吞子の奈緒とおしめ、牛乳瓶等をさげて、十四、五時間かかる東京、岡山間を六回往復した。夫は保定の激戦の直前、肺浸潤のため後退し、危く全滅をまぬかれた。年末帰国療養生活に入る。このころ現代詩人会の発足によりその中に加わる。また深尾須磨子氏のよびかけにより「日本女詩人会」の結成あり。「日本女詩人会」のアンソロジー『現代女流詩人集』（山雅房〔、昭和十五年〕）に「ほたるのしりへ」等詩八篇をのせる。

一九四〇(昭和十五)年　三十四歳
詩集『諸国の天女』を河出書房より出版。高村光太郎氏に序文をもらった。この詩集により、今までの詩の行き方をようやく自分自身のものに近づけた感あり。出版記念会には佐藤師も骨折って下さった。また山内義雄氏から大輪の菊の鉢を贈られ、人夫がかついで来てくれた。宮本百合子氏が「新女苑」にあたたかい書評を書いて下さった。

一九四二(昭和十七)年　三十六歳
五月、萩原朔太郎、佐藤惣之助両師相ついで逝去。与謝野晶子女史もなくなられた。七月に次男連平生まれる。

一九四三(昭和十八)年　三十七歳
『辻詩集』(〔日本〕文学報国会)に詩を書いたが、他の詩人たちの詩に似ず、戦争否定を意味し、また誤植もあったので、支離滅裂となる。戦争のため日本生活もますます困難となりつつあった。

一九四四(昭和十九)年　三十八歳
夫、病気のため休職。岡山へ帰り、更に三朝《みささ》温泉に単身静養の結果、ようやく復帰す。同人誌発行の困難もあり、この二、三年は詩作の発表はほとんど中止するほかなかった。

一九四五(昭和二十)年　三十九歳
一月、次第に東京の危機もせまったので、夫の会社の都合もあり、支店へ疎開の命あり、調簿類を携えて岡山へ赴任した。途中の困難いうにいわれず。東海道線不通、中央線不通、北陸線廻りであった。岡山で母と生活を共にすることになり一安心と思うまもなく夫に再召集あり。三月、福知山をへて朝鮮へ出征した。四月、藤原審爾、山本遺太郎の訪問をうけた。六月二十九日、岡山市空襲により一夜にして市の大半を失う。我家は焼け残ったがそこへ親類がすべて集まった。子供の学校も失せたこともあり、終戦後熊山町へ移る。

一九四六(昭和二十一)年　四十歳
この年より、田三反弱をかえしてもらいはじめて百姓になる。藤原、山本も皆焼けだされたが、前年秋より準備にかかり、一月、同人誌「文学祭」を発刊。私もこれに加わる。

藤原審爾は力作「煉獄の曲」等をかいた。私は最初の小説「帽子と下駄」を書いた。岡山市内の焼け残った家で作品を朗読しあった。夏(昭和二十年秋)、夫、復員した。

一九四七(昭和二十二)年　四十一歳

詩誌「詩作」の発刊に加わる。吉塚勤治、山本遺太郎、吉田研一が世話人となり、編集した。それにより私も新しく詩を書きはじめた。桜井書店より詩集『大いなる樹木』を発刊、これらの作品は『諸国の天女』以後、戦時中に書いていたものが主である。三岸節子さんが装幀して下さった。五月、親類に提供していた岡山の家全焼。

一九四八(昭和二十三)年　四十二歳

終戦後の作品を詩集『美しい国』として出版。発行所は奈良の爐書房で、紙事情が不自由のため、吉野の和紙を使用して下さった。山本さんが木版画により装幀挿画を作って下さった。母の病気、暮れに熊山町の家で歿。

一九四九(昭和二十四)年　四十三歳

三月、第一回岡山県文化賞を受賞。私は岡山県へ来たばかりで無名であったから、多くの人が不審に思ったことと思う。以前東京で「麺麭」の同人であった中務保二がこの時、岡山県労働学校長であり、私の推挽に力を入れ論争して下さったとあとできいた。私のほか受賞者は彗星発見の本田実氏と植物学の吉野善介氏であった。

一九五〇(昭和二十五)年　四十四歳
七月、詩集『焰について』を千代田書院より出版。この年現代詩人会創立され、それに参加した。

一九五一(昭和二十六)年　四十五歳
東京の秩序やや回復し、夫、本社勤務となる。夫の停年ま近く不在地主になることをさけたく、私は子供と田舎に残ることにしたが、久々に夫について上京した。暮れ(昭和二十七年)に随筆集『女詩人の手帖』を岡山の日本文教出版より出版。倉敷民芸館館長の外村吉之介氏に依頼し、手持の、よい和紙で装幀して下さった。この頃、飯島耕一や中江俊夫に逢い、若い人々に期待をもった。

一九五二(昭和二十七)年　四十六歳

春、長男春来、早稲田大学の電気科へ入学。彼は父と共に暮らすことになった。「詩作」が八号で休刊していることもあり、坂本明子さんが、私達で同人誌を作れば必ず続けられるとソロバン弾いてみせて下さった。私は農業が忙しいこともあり、とても不可能だと思ったが、彼女が会計及び事務を引き受けるといい、また夫と長男の上京により、やや時間のゆとりができる時期が来ていたので、決心してふみ切ることにした。同人はこの時六人であった。「黄薔薇」七月創刊。この頃は昼間を農業に時間をとられながら、夜、割に筆が進んだ。自分の作った芋を夜食にたべる事により、戦時中には飢えて書けなかったのを、取りかえそうとしたものの如くであった。

一九五三(昭和二十八)年　四十七歳

月の輪古墳の発掘がはじまり次女奈緒もこれに加わり、私も時々現地を訪れた。私は依頼され「月の輪音頭」の歌詞をつくり、それから毎年八月十五日には大勢で踊ることになった。柵原《やなはら》鉱山からもトラックで労働者たちが参加し夜ふけるまで踊った。

一九五四(昭和二十九)年　四十八歳

「日本未来派シリーズ」で詩集『山上の死者』を(日本未来派より)出した。三月にビキニにおいて核による事故あり、それに関する詩もこの小詩集の中に入れ、その他、小さいが割に重い一冊になった。坂本さんも同じシリーズで『雪崩の楽章』を出され、これもあとまでよまれた。

一九五五(昭和三十)年　四十九歳

印度ニューデリーでアジア諸国会議があり、それに出席することになった。一行の女性代表は五人で、そのうちの高良とみ女史にたいへんおせわになった。高良さんは原爆映画を持参し大会で映写説明された。またデリーのいろいろの友人の所へ私をつれていって下さった。一行のうち文学者は火野葦平氏、木下順二氏があった。このあと中国代表の郭沫若氏に招かれて中国へ入った。帰国後はすぐ田植にかかったが引きつづいて第一回(日本)母親大会、第一回原水爆禁止世界大会など、アジア大会とほぼ一連の行事があった。あわただしい年であった。また、我家では夫が停年になり帰宅す。

一九五六(昭和三十一)年　五十歳

この年のはじめ、「黄薔薇」の同人が揃って「黄薔薇」をやめるという。私は唐突に思われたので彼女らや第三者にもその理由をたずねたが誰一人いってくれない。つまり私に率直にいえば傷つけると思ったのだろう。判らぬなりに私が彼女らの石帽子になったことを知った。しかし若い彼女らに云ってもわからぬ事情がこちら側にもあった。それは夫の停年後の職がきまらず、一家の生活をどうしていいか判らぬ五里霧中の時だったのである。若い彼女らには、私がただぼんやりしており、彼女らの指導もできず事務的なこともせずにいると無力にうつったのであろう。夫が東京から帰宅したので彼女らと前ほど会う機会もつくれない。すべて外憂内患の時であった。ようやく県外の同人や新しく加入を希望した藤原菜穂子さんらの力をかりて「黄薔薇」をつづけることにした。この時から数年はどのように暮らしたかはっきりしない。共同通信などへせっせと小原稿を書いたりしてしのいだ。講演にもかなり行った。戦後の中学校が創立十周年になったので校歌も十指にあまるほど作った。

一九五八(昭和三十三)年　五十二歳

昭和二十六年頃から親しくなった年長の友杉山千代さんと時々会合をもっていたが、彼女はより広い女性のための新聞をつくることにしたいという。相談の結果「女の新聞」第一号ができた。タブロイド四頁で、時に六頁。千部刷り、手分けして毎月さばいた。最初のグループは杉山さんのほか松島杜美、入江延子、中垣智津さんらと私の五人であったが、新聞になってからはより多くの人が手つだい、特に三戸政子さんが、身近かに杉山さんを手つだわれた。

一九六一（昭和三十六）年　五十五歳

〔詩集〕『アジアについて』を〔黄薔薇社より〕出し、大阪でのアジア・アフリカ文学者会議へ持参。

一九六三（昭和三十八）年　五十七歳

長男はすでに東京でつとめていたが、次男の大学仕送りのためきまった現金収入が必要なので、私は世界連邦〔都市〕岡山県協議会の事務局へ勤務しはじめる。これは県庁の社会教育課にあり、のち文化課に移った。この年世界連邦世界大会を東京で催すことになったので、とても忙しかった。全国会長の岡山県三木知事が大会宣言をされた。

一九六五（昭和四十）年　五十九歳

血圧が二百三十を越したので熊山町の家を閉め、県庁へ通いやすい岡山市の小さい家へ移った。

一九六九(昭和四十四)年　六十三歳

杉山さんは白内障のため不自由になられたので月刊の「女の新聞」をやめ「女人随筆」(年四回)に切りかえたが、その五号を出す時にあたり、急逝された。相談の結果、私が発行者を受けつぐことになった。また前年より昭森社の森谷均氏に依頼していた『永瀬清子詩集』の発行が森谷氏病気のため延引していたのを、彼の歿後、大村達子さんが引きついで出版して下さった。この詩集は昭和二十六年に酣燈社が文庫版で出す予定で校正もすんでいたのを、破産のため出せなくなり、私は紙型を買いとっていたもので、十八年目にはじめて世に出たのである。B六判になおし装幀は妹尾正彦。気の長い私もさすがにうれしかった。

一九七二(昭和四十七)年　六十六歳

忙しいうちにもなるべく自然に沿うことにし、血圧も常態に戻って来た。思潮社より詩集『海は陸へと』を出版。

一九七四(昭和四十九)年　六十八歳
『短章集』を同じく思潮社より発行。また吉本隆明氏の「試行」へ、引きつづき「短章集抄」をのせることになった。

一九七五(昭和五十)年　六十九歳
五月、赤松常子賞受賞、七月、荻窪シミズ画廊で「永瀬清子の来た道展」開催。朝日新聞「ひと」欄にのせられた。

一九七七(昭和五十二)年　七十一歳
『蝶のめいてい』『流れる髪』を思潮社より発行。前者は前年の『短章集』と内容は同じであるが、続行するため、各々の題を新しくつけることにしたので、題の選定および装幀は谷川俊太郎氏が引きうけて下さった。年齢のことも考え、自分の時間を今すこし自由に使いたいので世界連邦事務局を辞したいと申し出ていたが、ようやく五月やめることができた。但し、これからのきまった生活のあてはなかったので、また雑文などかくことになった。十一月、中国文化賞をもらうことになった。

一九七九（昭和五十四）年　七十三歳

五月、はじめて一人で花巻までいくことができ、ほとんど半世紀ぶりに賢治の郷土をみることができた。また、翌日、高村山荘へいった。その時出あったすべてのことは印象ふかく、田舎道の強風で傘がおちょこになったことも又三郎が逢いに来てくれたように感じた。六月、『永瀬清子詩集』を思潮社より。装幀は西本多喜江さんで偶然年賀状にもらった版画から、この人をときめたが、意外にも彼女は日仏協会でグランプリをもらった染色家だった。

一九八〇（昭和五十五）年　七十四歳

山陽新聞賞を一月もらった。片桐ユズルさんのお世話で、京都「ほんやら洞」ではじめての朗読会。名古屋からききに来た人もあったし、リクエストもいろいろ出てたのしかった。岡山からも小山栄二さん、境節さんが来て下さった。これを機にこの一年に十三回の朗読をした。東京の「ほんやら洞」でも朗読した。津山では食事の前後二時間ずつ四時間一人で朗読した。十一月、短章集(3)として『焔に薪を』を思潮社から刊。年末〈昭和五十六年〉、散文集『かく逢った』を編集工房ノアから出した。松島明さんの装画で粟津謙太郎さんの装幀。

一九八二（昭和五十七）年　七十六歳
岡山県詩人協会会長となる。五月三十一日、日本現代詩人会で先達詩人としての顕彰をうけた。八月『続永瀬清子詩集』（思潮社）刊。組曲「燃える故郷」を作詞、岡山合唱団により公演、作曲木下そんき氏（昭和五十六年六月）。

一九八三（昭和五十八）年　七十七歳
前年「婦人之友」一月号の対談に出席したが、この年、日本青年館での同誌創刊八十周年の祝賀大会のため、羽仁もと子女史への詩「ふしぎな人」を書き、岸田今日子さんが朗読して下さった。夏、世界連邦岡山県婦人の会会長となる。一月、選詩集『私は地球』を沖積舎より、年末、『うぐいすの招き』をれんが書房新社より刊。岡山大学の広田昌希先生の指導のもとに岡山近代女性史研究会を発足したが、グループでその成果を一冊にまとめるため、毎月会合をもつ。

一九八四（昭和五十九）年　七十八歳
一月、短章集(4)として『彩りの雲』を思潮社より刊。「女人随筆」誌五十号記念号を出す。「黄薔薇」は百九号を出した。四月九日に『うぐいす』と『彩り』の出版記念会が友人によって催され、そのとき紅い服の朝鮮学校の児童が四人来て踊って下さった。四月二十八日、佐藤総右詩碑の除幕のため山形市へいき、さらに花巻へ出て宮沢賢治記念館をみる。帰路東京で印度彫刻展・ガンダーラ展もみて帰る。この一人旅ののりかえは十一回あった。

一九八六（昭和六十一）年　八十歳

夏、関東学院大学にて自作を朗読する。

一九八七（昭和六十二）年　八十一歳

六月、詩集『あけがたにくる人よ』思潮社刊。同書により、十一月、「地球」賞をうけた。共著『近代岡山の女たち』三省堂刊。秋、「黄薔薇」三十五周年を祝った。

一九八八（昭和六十三）年　八十二歳

一月五日―十七日、岡山いちのつぼ画廊で永瀬清子詩画展を開く。『あけがたにくる人よ』が、ミセス現代詩女流賞を受賞。ＮＨＫ、ＲＳＫの取材をうけた。そのとき村瀬幸子、岸田今日子氏らが朗読して下さる。夏じゅうを講演と朗読に費した。八月末富山、十月二日福島県、十月十五日大阪、等。なお九月二十九日、岡山にて世界連邦婦人の会、三十周年大会。年末、「黄薔薇」百二十二号を出して昭和は終わった。

〈補遺〉

一九九〇(平成二)年　八十四歳

一月、詩集『卑弥呼よ 卑弥呼』(手帖舎)刊。二月、『永瀬清子詩集』(現代詩文庫1039、思潮社)刊。六月、随筆集『すぎ去ればすべてなつかしい日々』(福武書店)刊。

一九九三(平成五)年　八十七歳

十月十六日、岡山市立オリエント美術館で谷川俊太郎氏と詩の朗読。

一九九四(平成六)年　八十八歳

十一月二十日、岡山済生会病院入院。

一九九五(平成七)年　八十九歳

八十九歳の誕生日である二月十七日、死去。歿後の四月、詩集『春になればうぐいすと同じに』(思潮社)刊。

＊本年譜は『光っている窓』(編集工房ノア、一九八四年)所収の「年譜」(永瀬清子自筆)に、『永瀬清子詩集』(現代詩文庫1039、思潮社、一九九〇年)所収「自筆年譜」から一九八六〜八八年分を追加したものです。〈補遺〉は編集部で作成しました。なお、〔　〕内は編集部による補いです。

〔編集付記〕

一、それぞれの作品の出典は、目次中に明示した。

二、永瀬清子は一つの作品を何度も書き直した詩人である。本詩集に収録するにあたっては、それぞれの作品の最終形(最後に発表されたもの)を採用した。ただし目次上は、そうした最終形を当該の作品が初めて収録された詩人の単著である単行詩集の中に組み入れた。

三、『卑弥呼よ卑弥呼』所収の「女波男波」のように、従来は短章として受容されてきたものであっても、詩人が晩年に手を加え、詩作品として捉え直した可能性のある作品は、本書では詩に区分した。

四、「渦巻の川――わが詩作の五十年」および「永瀬清子自筆年譜」の出典は以下の通りである。

渦巻の川　「世界」(一九七七年九月号、岩波書店)

永瀬清子自筆年譜　『光っている窓』(編集工房ノア、一九八四年)、『永瀬清子詩集』(現代詩文庫 1039、思潮社、一九九〇年)

五、漢字は原則として新字体に統一した。

六、仮名づかいは、『大いなる樹木』以降を戦後の詩集として新仮名づかいに統一した。ただし、「短章」はすべて新仮名づかいで統一した。

七、本書に収録された詩作品には、現代の基準では誤りとされる漢字表記も見受けられるが、作品の歴史性を尊重し、底本の表記に手を加えることはしなかった。

八、「短章」「渦巻の川」においては、漢字語のうち代名詞・副詞・接続詞など、使用頻度の高いものを一定の枠内においてひらがなに改めた。また、難読と思われる漢字には、適宜振り仮名を付した。

九、今日ではその表現に配慮する必要のある語句を含むものもあるが、作品が発表された年代の状況に鑑み、原文通りとした。

（岩波文庫編集部）

永瀬清子詩集《ながせきよこししゅう》

2023年10月13日　第1刷発行

選　者　谷川俊太郎《たにかわしゅんたろう》

発行者　坂本政謙

発行所　株式会社　岩波書店
〒101-8002　東京都千代田区一ツ橋2-5-5
案内 03-5210-4000　営業部 03-5210-4111
文庫編集部 03-5210-4051
https://www.iwanami.co.jp/

印刷 製本・法令印刷　カバー・精興社

ISBN 978-4-00-312311-9　Printed in Japan

読書子に寄す

——岩波文庫発刊に際して——

岩波茂雄

真理は万人によって求められることを自ら欲し、芸術は万人によって愛されることを自ら望む。かつては民を愚昧ならしめるために学芸が最も狭き堂宇に閉鎖されたことがあった。今や知識と美とを特権階級の独占より奪い返すことはつねに進取的なる民衆の切実なる要求である。岩波文庫はこの要求に応じそれに励まされて生まれた。それは生命ある不朽の書を少数者の書斎と研究室とより解放して街頭にくまなく立たしめ民衆に伍せしめるであろう。近時大量生産予約出版の流行を見る。その広告宣伝の狂態はしばらくおくも、後代にのこすと誇称する全集がその編集に万全の用意をなしたるか。千古の典籍の翻訳企図に敬虔の態度を欠かざりしか。さらに分売を許さず読者を繋縛して数十冊を強うるがごとき、はたしてその揚言する学芸解放のゆえんなりや。吾人は天下の名士の声に和してこれを推挙するに躊躇するものである。このときにあたって、岩波書店は自己の責務のいよいよ重大なるを思い、従来の方針の徹底を期するため、すでに十数年以前より志して来た計画を慎重審議この際断然実行することにした。吾人は範をかのレクラム文庫にとり、古今東西にわたって文芸・哲学・社会科学・自然科学等種類のいかんを問わず、いやしくも万人の必読すべき真に古典的価値ある書をきわめて簡易なる形式において逐次刊行し、あらゆる人間に須要なる生活向上の資料、生活批判の原理を提供せんと欲する。この文庫は予約出版の方法を排したるがゆえに、読者は自己の欲する時に自己の欲する書物を各個に自由に選択することができる。携帯に便にして価格の低きを最主とするがゆえに、外観を顧みざるも内容に至っては厳選最も力を尽くし、従来の岩波出版物の特色をますます発揮せしめようとする。この計画たるや世間の一時の投機的なるものと異なり、永遠の事業として吾人は微力を傾倒し、あらゆる犠牲を忍んで今後永久に継続発展せしめ、もって文庫の使命を遺憾なく果たさしめることを期する。芸術を愛し知識を求むる士の自ら進んでこの挙に参加し、希望と忠言とを寄せられることは吾人の熱望するところである。その性質上経済的には最も困難多きこの事業にあえて当たらんとする吾人の志を諒として、その達成のため世の読書子とのうるわしき共同を期待する。

昭和二年七月

《日本文学(現代)》〔緑〕

怪談 牡丹燈籠	三遊亭円朝
小説神髄	坪内逍遥
当世書生気質	坪内逍遥
アンデルセン 即興詩人 全二冊	森鷗外訳
ウィタ・セクスアリス	森鷗外
青年	森鷗外
雁	森鷗外
阿部一族 他二篇	森鷗外
山椒大夫・高瀬舟 他四篇	森鷗外
渋江抽斎	森鷗外
舞姫・うたかたの記 他三篇	森鷗外
鷗外随筆集	千葉俊二編
大塩平八郎 他三篇	森鷗外
浮雲	二葉亭四迷 十川信介校注
野菊の墓 他四篇	伊藤左千夫
吾輩は猫である	夏目漱石
坊っちゃん	夏目漱石
草枕	夏目漱石
虞美人草	夏目漱石
三四郎	夏目漱石
それから	夏目漱石
門	夏目漱石
彼岸過迄	夏目漱石
漱石文芸論集	磯田光一編
行人	夏目漱石
こころ	夏目漱石
硝子戸の中	夏目漱石
道草	夏目漱石
明暗	夏目漱石
思い出す事など 他七篇	夏目漱石
文学評論 全二冊	夏目漱石
夢十夜 他二篇	夏目漱石
漱石文明論集	三好行雄編
倫敦塔・幻影の盾 他五篇	夏目漱石
漱石日記	平岡敏夫編
漱石書簡集	三好行雄編
漱石俳句集	坪内稔典編
漱石・子規往復書簡集	和田茂樹編
文学論 全二冊	夏目漱石
坑夫	夏目漱石
二百十日・野分	夏目漱石
五重塔	幸田露伴
努力論	幸田露伴
一国の首都 他一篇	幸田露伴
渋沢栄一伝	幸田露伴
飯待つ間 ―正岡子規随筆選	正岡子規 阿部昭編
子規句集	高浜虚子選
病牀六尺	正岡子規
子規歌集	土屋文明編
墨汁一滴	正岡子規

仰臥漫録　正岡子規
歌よみに与ふる書　正岡子規
獺祭書屋俳話・芭蕉雑談　正岡子規
子規紀行文集　復本一郎編
正岡子規ベースボール文集　復本一郎編
金色夜叉 全二冊　尾崎紅葉
不如帰　徳冨蘆花
武蔵野　国木田独歩
愛弟通信　国木田独歩
蒲団・一兵卒　田山花袋
田舎教師　田山花袋
一兵卒の銃殺　田山花袋
あらくれ・新世帯　徳田秋声
藤村詩抄　島崎藤村自選
破戒　島崎藤村
春　島崎藤村
桜の実の熟する時　島崎藤村

夜明け前 全四冊　島崎藤村
藤村文明論集　十川信介編
生ひ立ちの記 他一篇　島崎藤村
島崎藤村短篇集　大木志門編
にごりえ・たけくらべ　樋口一葉
大つごもり・十三夜 他五篇　樋口一葉
修禅寺物語・正雪の二代目 他四篇　岡本綺堂
高野聖・眉かくしの霊　泉鏡花
歌行燈　泉鏡花
夜叉ケ池・天守物語　泉鏡花
草迷宮　泉鏡花
春昼・春昼後刻　泉鏡花
鏡花短篇集　川村二郎編
外科室・海城発電 他五篇　泉鏡花
鏡花随筆集　吉田昌志編
化鳥・三尺角 他六篇　泉鏡花
鏡花紀行文集　田中励儀編

俳句はかく解しかく味う　高浜虚子
俳句への道　高浜虚子
回想 子規・漱石　高浜虚子
有明詩抄　蒲原有明
上田敏全訳詩集　山内義雄・矢野峰人編
宣言　有島武郎
一房の葡萄 他四篇　有島武郎
寺田寅彦随筆集 全五冊　小宮豊隆編
柿の種　寺田寅彦
与謝野晶子歌集　与謝野晶子自選
与謝野晶子評論集　鹿野政直・香内信子編
私の生い立ち　与謝野晶子
つゆのあとさき　永井荷風
濹東綺譚　永井荷風
荷風随筆集 全二冊　野口冨士男編
摘録 断腸亭日乗 全二冊　永井荷風・磯田光一編
すみだ川・新橋夜話 他一篇　永井荷風

あめりか物語	永井荷風
下谷叢話	永井荷風
ふらんす物語	永井荷風
荷風俳句集	加藤郁乎編
浮沈・踊子 他三篇	永井荷風
花火・来訪者 他十一篇	永井荷風
問はずがたり・吾妻橋 他十六篇	永井荷風
斎藤茂吉歌集	山口茂吉・柴生田稔・佐藤佐太郎編
千鳥 他四篇	鈴木三重吉
鈴木三重吉童話集	勝尾金弥編
小僧の神様 他十篇	志賀直哉
暗夜行路 全二冊	志賀直哉
志賀直哉随筆集	高橋英夫編
高村光太郎詩集	高村光太郎
北原白秋歌集	高野公彦編
北原白秋詩集 全二冊	安藤元雄編
フレップ・トリップ	北原白秋

野上弥生子随筆集	竹西寛子編
野上弥生子短篇集	加賀乙彦編
お目出たき人・世間知らず	武者小路実篤
友情	武者小路実篤
銀の匙	中勘助
若山牧水歌集	伊藤一彦編
新編 みなかみ紀行	若山牧水 池内紀編
新編 啄木歌集	久保田正文編
吉野葛・蘆刈	谷崎潤一郎
卍（まんじ）	谷崎潤一郎
谷崎潤一郎随筆集	篠田一士編
多情仏心 全二冊	里見弴
道元禅師の話	里見弴
今年竹 全二冊	里見弴
萩原朔太郎詩集	三好達治選
郷愁の詩人 与謝蕪村	萩原朔太郎
猫町 他十七篇	萩原朔太郎 清岡卓行編

恋愛名歌集	萩原朔太郎
恩讐の彼方に・忠直卿行状記 他八篇	菊池寛
父帰る・藤十郎の恋 菊池寛戯曲集	石割透編
河明り 老妓抄 他一篇	岡本かの子
春泥・花冷え	久保田万太郎
大寺学校 ゆく年	久保田万太郎
久保田万太郎俳句集	恩田侑布子編
室生犀星詩集	室生犀星自選
犀星王朝小品集	室生犀星
室生犀星俳句集	岸本尚毅編
出家とその弟子	倉田百三
羅生門・鼻・芋粥・偸盗	芥川竜之介
地獄変・邪宗門・好色・藪の中 他七篇	芥川竜之介
河童 他二篇	芥川竜之介
歯車 他二篇	芥川竜之介
蜘蛛の糸・杜子春・トロッコ 他十七篇	芥川竜之介
侏儒の言葉・文芸的な、余りに文芸的な	芥川竜之介

芥川竜之介書簡集	石割透編
芥川竜之介随筆集	石割透編
蜜柑・尾生の信 他十八篇	芥川竜之介
年末の一日・浅草公園 他十七篇	芥川竜之介
芥川竜之介紀行文集	山田俊治編
田園の憂鬱	佐藤春夫
海に生くる人々	葉山嘉樹
葉山嘉樹短篇集	道簱泰三編
日輪・春は馬車に乗って 他八篇	横光利一
宮沢賢治詩集	谷川徹三編
童話集 風の又三郎 他十八篇	宮沢賢治 谷川徹三編
童話集 銀河鉄道の夜 他十四篇	宮沢賢治 谷川徹三編
山椒魚・遙拝隊長 他七篇	井伏鱒二
川釣り	井伏鱒二
井伏鱒二全詩集	井伏鱒二
太陽のない街	徳永直
黒島伝治作品集	紅野謙介編

伊豆の踊子・温泉宿 他四篇	川端康成
雪国	川端康成
山の音	川端康成
川端康成随筆集	川西政明編
三好達治詩集	桑原武夫 大槻鉄男選
詩を読む人のために	三好達治
中野重治詩集	中野重治
夏目漱石 全二冊	小宮豊隆
新編 思い出す人々	内田魯庵 紅野敏郎編
檸檬《レモン》・冬の日 他九篇	梶井基次郎
蟹工船・一九二八・三・一五	小林多喜二
富嶽百景・走れメロス 他八篇	太宰治
斜陽 他一篇	太宰治
人間失格・グッド・バイ 他一篇	太宰治
津軽	太宰治
お伽草紙・新釈諸国噺	太宰治
右大臣実朝 他一篇	太宰治

真空地帯	野間宏
日本唱歌集	堀内敬三 井上武士編
日本童謡集	与田準一編
森鷗外	石川淳
至福千年	石川淳
小林秀雄初期文芸論集	小林秀雄
近代日本人の発想の諸形式 他四篇	伊藤整
小説の認識	伊藤整
中原中也詩集	大岡昇平編
ランボオ詩集	中原中也訳
晩年の父	小堀杏奴
小熊秀雄詩集	岩田宏編
夕鶴・彦市ばなし 他二篇 —木下順二戯曲選II—	木下順二
元禄忠臣蔵 全二冊	真山青果
随筆滝沢馬琴	真山青果
旧聞日本橋	長谷川時雨
みそっかす	幸田文

- 古句を観る　柴田宵曲
- 俳諧随筆 蕉門の人々　柴田宵曲
- 新編 俳諧博物誌　柴田宵曲／小出昌洋編
- 随筆集 団扇の画　柴田宵曲／小出昌洋編
- 子規居士の周囲　柴田宵曲
- 小説集 夏の花　原民喜
- 原民喜全詩集
- いちご姫・蝴蝶 他二篇　山田美妙／十川信介校訂
- 銀座復興 他三篇　水上滝太郎
- 魔風恋風 全二冊　小杉天外
- 柳橋新誌　成島柳北／塩田良平校訂
- 幕末維新パリ見聞記 成島柳北「航西日乗」・栗本鋤雲「暁窓追録」　井田進也校注
- 野火／ハムレット日記　大岡昇平
- 中谷宇吉郎随筆集　樋口敬二編
- 雪　中谷宇吉郎
- 冥途・旅順入城式　内田百閒
- 東京日記 他六篇　内田百閒

- 西脇順三郎詩集　那珂太郎編
- 大手拓次詩集　原子朗編
- 評論集 滅亡について 他三十篇　武田泰淳／川西政明編
- 山岳紀行文集 日本アルプス　小島烏水／近藤信行編
- 雪中梅　末広鉄腸／小林智賀平校訂
- 新編 東京繁昌記　木村荘八／尾崎秀樹編
- 新編 山と渓谷　田部重治／近藤信行編
- 日本児童文学名作集 全二冊　桑原三郎／千葉俊二編
- 山月記・李陵 他九篇　中島敦
- 眼中の人　小島政二郎
- 新選 山のパンセ　串田孫一自選
- 小川未明童話集　桑原三郎編
- 新美南吉童話集　千葉俊二編
- 岸田劉生随筆集　酒井忠康編
- 摘録 劉生日記　岸田劉生／酒井忠康編
- 量子力学と私　朝永振一郎／江沢洋編
- 書物　森銑三／柴田宵曲

- 自註鹿鳴集　会津八一
- 窪田空穂随筆集　大岡信編
- 窪田空穂歌集　大岡信編
- 奴隷 ―小説・女工哀史1　細井和喜蔵
- 工場 ―小説・女工哀史2　細井和喜蔵
- 鷗外の思い出　小金井喜美子
- 森鷗外の系族　小金井喜美子
- 木下利玄全歌集　五島茂編
- 新編 学問の曲り角　河野与一／原二郎編
- 林芙美子紀行集 下駄で歩いた巴里　立松和平編
- 放浪記　林芙美子
- 山の旅 全二冊　近藤信行編
- 酒道楽　村井弦斎
- 文楽の研究 全二冊　三宅周太郎
- 五足の靴　五人づれ
- 尾崎放哉句集　池内紀編
- リルケ詩抄　茅野蕭々訳

ぷえるとりこ日記　有吉佐和子
江戸川乱歩短篇集　千葉俊二編
怪人二十面相・青銅の魔人　江戸川乱歩
少年探偵団・超人ニコラ　江戸川乱歩
江戸川乱歩作品集 全三冊　浜田雄介編
堕落論・日本文化私観 他二十二篇　坂口安吾
桜の森の満開の下・白痴 他十二篇　坂口安吾
風と光と二十の私と・いずこへ 他十六篇　坂口安吾
久生十蘭短篇選　川崎賢子編
墓地展望亭・ハムレット 他六篇　久生十蘭
六白金星・可能性の文学 他十一篇　織田作之助
夫婦善哉 正続 他十二篇　織田作之助
わが町・青春の逆説　織田作之助
歌の話・歌の円寂する時 他一篇　折口信夫
死者の書・口ぶえ　折口信夫
汗血千里の駒 坂本龍馬君之伝　坂崎紫瀾　林原純生校注
日本近代短篇小説選 全六冊　紅野敏郎・紅野謙介・千葉俊二・宗像和重・山田俊治編

自選谷川俊太郎詩集
訳詩集 白孔雀　西條八十訳
茨木のり子詩集　谷川俊太郎選
大江健三郎自選短篇
M/Tと森のフシギの物語　大江健三郎
キルプの軍団　大江健三郎
石垣りん詩集　伊藤比呂美編
漱石追想　十川信介編
荷風追想　多田蔵人編
鷗外追想　宗像和重編
自選 大岡信詩集
うたげと孤心　大岡信
日本の詩歌 その骨組みと素肌　大岡信
詩人・菅原道真 —うつしの美学　大岡信
日本近代随筆選 全三冊　千葉俊二・長谷川郁夫・宗像和重編
尾崎士郎短篇集　紅野謙介編
山之口貘詩集　高良勉編

原爆詩集　峠三吉
竹久夢二詩画集　石川桂子編
まど・みちお詩集　谷川俊太郎編
山頭火俳句集　夏石番矢編
二十四の瞳　壺井栄
幕末の江戸風俗　塚原渋柿園　菊池眞一編
けものたちは故郷をめざす　安部公房
詩の誕生　大岡信　谷川俊太郎
鹿児島戦争記 —実録 西南戦争　篠田仙果　松本常彦校注
東京百年物語 一八六八〜一九〇九 全三冊　ロバート・キャンベル　十重田裕一　宗像和重編
三島由紀夫紀行文集　佐藤秀明編
若人よ蘇れ・黒蜥蜴 他一篇　三島由紀夫
三島由紀夫スポーツ論集　佐藤秀明編
吉野弘詩集　小池昌代編
開高健短篇選　大岡玲編
破れた繭 耳の物語1　開高健
夜と陽炎 耳の物語2　開高健

色ざんげ　宇野千代
老女マノン・脂粉の顔 他四篇　宇野千代／尾形明子編
明智光秀　小泉三申
久米正雄作品集　石割透編
次郎物語 全五冊　下村湖人
まっくら 女坑夫からの聞き書き　森崎和江
北條民雄集　田中裕編
安岡章太郎短篇集　持田叙子編

《日本文学（古典）》〔黄〕

古事記 倉野憲司校注
日本書紀 全五冊 坂本太郎・家永三郎・井上光貞・大野晋校注
万葉集 全五冊 佐竹昭広・山田英雄・工藤力男・大谷雅夫・山崎福之校注
原文万葉集 全二冊 佐竹昭広・山田英雄・工藤力男・大谷雅夫・山崎福之校注
竹取物語 阪倉篤義校訂
伊勢物語 大津有一校注
玉造小町子壮衰書 —小野小町物語 杤尾武校注
古今和歌集 佐伯梅友校注
土左日記 紀貫之 鈴木知太郎校注
源氏物語 全九冊 柳井滋・室伏信助・大朝雄二・鈴木日出男・藤井貞和・今西祐一郎校注
源氏物語補作 山路の露・雲隠六帖 他二篇 今西祐一郎編注
枕草子 池田亀鑑校訂
更級日記 西下経一校注
今昔物語集 全四冊 池上洵一編
西行全歌集 久保田淳・吉野朋美校注
建礼門院右京大夫集 付 平家公達草紙 久松潜一・久保田淳校注

後拾遺和歌集 久保田淳・平田喜信校注
詞花和歌集 工藤重矩校注
古語拾遺 斎部広成撰 西宮一民校注
王朝漢詩選 小島憲之編
新訂 方丈記 市古貞次校注
新訂 新古今和歌集 佐佐木信綱校訂
新訂 徒然草 西尾実・安良岡康作校注
平家物語 全四冊 梶原正昭・山下宏明校注
神皇正統記 北畠親房 岩佐正校注
御伽草子 全二冊 市古貞次校注
王朝秀歌選 樋口芳麻呂校注
定家八代抄 —続王朝秀歌選 全二冊 樋口芳麻呂・後藤重郎校注
閑吟集 真鍋昌弘校注
中世なぞなぞ集 鈴木棠三編
読む能の本 謡曲選集 野上豊一郎編
東関紀行・海道記 玉井幸助校訂
おもろさうし 外間守善校注

太平記 全六冊 兵藤裕己校注
好色五人女 井原西鶴 東明雅校註
武道伝来記 井原西鶴 横山重・前田金五郎校注
西鶴文反古 井原西鶴 片岡良一校訂
芭蕉紀行文集 付 嵯峨日記 中村俊定校注
芭蕉 おくのほそ道 付 曾良旅日記・奥細道菅菰抄 萩原恭男校注
芭蕉俳句集 中村俊定校注
芭蕉連句集 中村俊定・萩原恭男校注
芭蕉書簡集 萩原恭男校注
芭蕉文集 潁原退蔵編註
芭蕉俳文集 全二冊 堀切実編注
芭蕉自筆 奥の細道 上野洋三・櫻井武次郎校注
蕪村俳句集 付 春風馬堤曲 他二篇 尾形仂校注
蕪村七部集 伊藤松宇校訂
蕪村文集 藤田真一編注
折たく柴の記 新井白石 松村明校注
近世畸人伝 伴蒿蹊 森銑三校註

岩波文庫の最新刊

トニ・モリスン著／都甲幸治訳
暗闇に戯れて
―白さと文学的想像力―

キャザーやポーらの作品を通じて、アメリカ文学史の根底に「白人男性を中心とした思考」があることを鮮やかに分析し、その構図を一変させた、革新的な批評の書。〔赤三四六-一〕 **定価九九〇円**

川崎賢子編
左川ちか詩集

左川ちか(一九一一-三六)は、昭和モダニズムを駆け抜けた若き女性詩人。夭折の宿命に抗いながら、奔放自在なイメージを、鮮烈な詩の言葉に結実した。〔緑二三二-一〕 **定価七九二円**

ヘルダー著／嶋田洋一郎訳
人類歴史哲学考 (一)

風土に基づく民族・文化の多様性とフマニテートの開花を描こうとした壮大な歴史哲学。第一分冊は有機的生命の発展に人間を位置づける。(全五冊)〔青N六〇八-一〕 **定価一四三〇円**

泉 鏡花作
高野聖・眉かくしの霊

鏡花畢生の名作「高野聖」に、円熟の筆が冴える「眉かくしの霊」を併収した怪異譚二篇。本文の文字を大きくし、新たな解説を加えた改版。(解説＝吉田精一／多田蔵人)〔緑二七-一〕 **定価六二七円**

……今月の重版再開……

尾崎紅葉作
多情多恨
〔緑一四-七〕 **定価一一三三円**

大江健三郎・清水徹編
渡辺一夫評論選 狂気について 他二十二篇
〔青一八八-二〕 **定価一一五五円**

岩波文庫の最新刊

谷川俊太郎選

永瀬清子詩集

妻であり母であり農婦であり勤め人であり、それらすべてでありつづけることによって詩人であった永瀬清子(一九〇六－九五)の、勁い生命感あふれる決定版詩集。

〔緑二三一－一〕 定価一一五五円

フロイト著／高田珠樹・新宮一成・須藤訓任・道籏泰三訳

精神分析入門講義(上)

第一次世界大戦のさなか、ウィーン大学で行われた全二八回の講義。入門書であると同時に深く強靱な思考を伝える、フロイトの代表的著作。(全二冊)

〔青六四二－二〕 定価一四三〇円

ヴィンチェンツォ・ヴィヴィアーニ著／田中一郎訳

ガリレオ・ガリレイの生涯 他二篇

ガリレオの口述筆記者ヴィヴィアーニが著した評伝三篇。数多あるガリレオ伝のなかでも最初の評伝として資料的価値が高い。間近で見た師の姿を語る。

〔青九五五－一〕 定価八五八円

カール・ポパー著／小河原誠訳

開かれた社会とその敵

第二巻 にせ予言者―ヘーゲル、マルクスそして追随者(下)

マルクスを筆頭とする非合理主義を徹底的に脱構築したポパーは、合理主義の立て直しを模索する。はたして歴史に意味はあるのか。懇切な解説を付す。(全四冊)

〔青N六〇七－四〕 定価一五七三円

……今月の重版再開……

今西祐一郎校注

蜻蛉日記

定価一一五五円 〔黄一四－一〕

ポオ作／八木敏雄訳

黄金虫 アッシャー家の崩壊 他九篇

定価一二二一円 〔赤三〇六－三〕

定価は消費税10%込です

2023. 10